塵砂追憶
[櫻幻之戰]
Illusive Parabellum
Vol.02
作者 亞次圓
繪者 Cola

CONTENTS

【序章】 啟動

二〇三三年一月一日　日本自衛隊，三軍臨時總司令部

夜幕中的富士山，高聳的山頭此時籠罩在比星夜更加稠密的烏黑之中。

聖山山頂白色的紗裙不見蹤影，一年四季都各有其美好勝景的河口湖城鎮，此刻也不見任何屬於冬季的慶典歡潮。

而與這片不領情天氣相同色調的基地建築上空，狂怒的雷雨在大氣中交叉，轟隆聲不間斷地打入探照燈滿開的空軍單位停機坪。

人群已經忙得焦頭爛額。

「上校，妳確定要這麼做嗎？」一名士官長頂著大雨，快步跟在說話對象的女性身邊。

在這種天候下，雨傘或輕便雨衣這類雨具都顯得意義盡失。剛從機棚走出的兩人除了意思意思罩上軍用雨衣外，並不是很在乎狂劇的大雨帶來的不適。

「等了五年還不夠久嗎？我們不能再被這種成天變動的天氣攪局了。」

士官長口中的「上校」同樣被毫不留情的驟雨淋濕脖子上半，落至胸前綁著的一束黑色長髮，此時已經抵不住雨水的侵蝕而使得側邊挑染的一搓白髮貼上臉頰，瀏海也沾黏在不知是汗水亦或雨水打濕的額頭上。

然而她依然沒有放慢腳步，繼續快步著。

「但是，恕我直言……為了一名，不，兩名兵員而勞師動眾，這行動規模已經極度不平衡了，再怎麼　至少也挑個好天氣吧？」

一道閃雷像是要回應壓低帽沿的士官長所說的話，下一秒直接劈上旁邊基地司令部的避雷針，發出極近的巨響。

上校放開方才摀住耳朵的雙手，略顯不耐地看向士官長：「如果可以在無風無雨的大好日子行動，我當然也很想。」

「既然這樣……」

「但已經沒有時間猶豫了。如果不快速開始作戰的話，到時候目標『消失』，那我們也將功虧一簣。何況這是局長……更正，陳少將下令批准的行動。而如果你們的司令官都同意了，那我想也沒什麼好辯駁的了。」

上校言辭犀利，不帶任何退讓的堅持著已下達的命令。

「收到的話就快去做準備工作。」凜然站立的女性上校隨後換上和善的笑容。「再辛苦一下吧。」

「是，收到，上校！」士官長立刻訂正方才的態度與言詞，行了簡易但確實的軍禮後小跑步回到正在搬運備品的人潮中。

（不愧是這個國家的軍官，除了理解快速以外也很注重禮儀呢。）

雖然論階級，這是他應該有的表現就是了。這名雨中佇立的女性再度想到。

上校面帶無奈的微笑，看著那名中年士官長濺起水花的背影。接著側髮一甩，切回嚴肅的表情並敲了敲耳邊的通訊裝置。

「維特，給我進度。」雖然滂沱的雷雨干擾了通訊品質，不過另一頭的男子依然清楚接通並從容回覆。

「還是老樣子的無情啊……武裝全數裝載完畢，備品只剩一批還沒上機。另外人員配置除了還在搬東西的士兵們和公務員以外，其他自衛官與我們的人馬都已經待命完成。就差妳還沒上來囉，琴羽『上校』。」

「欠打嗎你。」話雖如此，琴羽卻再次浮現難得的笑容。「那就一如預定，十分鐘後執行計畫，我要全部二十一架機體與人員組在那之前完成升空預備。」

「收到收到，等一下記得先把頭髮擦乾再坐上駕駛座啊，我可不想被感冒的駕駛員帶著走。」維特半開玩笑地答應。

「哼，輪不到你來擔心，『少校』。」

幼稚地做了個小反擊，琴羽暫時關閉通訊，冒著雨走向前方軍灰色的傾轉旋翼機。從開啟的機艙門中隱約可以看到維特向她的方向招著手，而他背後也冒出了兩顆頭看著這邊。

別把手舉那麼高啊，想被雷劈嗎……。

暗暗在心中吐槽著，不過還是稍微舉起手回應對方，接著抬頭凝視烏黑天空的遠方。

比在基地不遠處無比巨大的人工瀑布還響亮的，是不間斷的雨落之音。

天色漆黑如舊，雷雨看似絲毫沒有要停下的跡象。

持續了**五年**的「**末世**」，亦沒有想要結束的徵兆。

「拜託了，一定要活著……我們馬上趕過去——！」

††

現在時間，凌晨五點五十一分。

理應破曉的曙暮被暴雨與驟雷嚇得不敢探頭。

過了幾分鐘，司令部指揮中心對停機坪全體下達了簡短的指示。二十餘架的傾轉旋翼機與護援戰鬥直升機，不發一語地頑抗極端的豪雨。

隨著震耳欲聾的槳葉拍動聲，它們升空並朝著西南方進發。

【「凌晨0600」代號「福爾摩沙」救援行動開始】

《塵砂追憶》Ep.2 櫻幻之戰 Illusive Parabellum

【第一章】甦醒

天橋崩塌，大樓震裂。

脆如紙片的車輛爆炸彈飛，漫天蓋地的大軍步步逼近。

「■■……」

你呼喚著珍愛之人的名字、應當守護之人的名字。

但塵砂卻持續將你的記憶扯往見不到底的深淵。

眼前模糊的場景來到昏暗的街口。某人將你攙扶進安全的巷弄中，跑了出去。

「紗……■……」

下一秒，巷口化為火海，葬送了眼前嬌弱的身影。

大地晃盪，天際染紅。

而地獄之景也離你愈來愈遠。

你從來都避不了孤獨的命運。

因為你逃走了。

因為啊——

你「又」沒拯救到「她」了。

你含著淚，一跛一跛地奔跑。大腿上綁著的金黃色絲帶，被擴散的血液不斷侵蝕。如今已經成為了骯髒又醜陋的異色。

你可能曾想成為英雄。但是啊，現在已經不行了。

末日抱上你空殼般的身軀。

世界為你的無能哀嘆。

「紗兒——！」

††

我睜開眼。

睡意被完全打消的我迅速坐起身。

外頭雷雨交加，閃電的威壓時不時從窗戶照亮臥房。明明是從熟悉的床鋪驚醒，我卻彷若剛經歷生死交關一樣冷汗直流。

倏忽即逝的幻象中，末世瓦解、爆炸，火光與死亡之景令人窒息。

然後轉瞬成了白茫茫的實驗室，空調的冷意與金屬味刺入鼻腔。

我夢到了如今生死未卜的夥伴們。第一指揮組的大家都還……

「夢中……夢……？」

剛剛那些算什麼，二層夢境嗎？而我現在處於表層意識？

應該不可能的吧，又不是《全面啟動》。

抑或是說，那是被我遺忘的過去？還是人們常說的「預知夢」呢？

我以雙指揉著前額整理思緒。忽然一絲懼意閃過，我趕緊看向一旁確認著某個氣息。

長白髮自少女的頭頂傾順而下，流淌在同樣色調的枕頭上。緩慢但穩定的細微呼聲確實傳至了我的耳際。

然後像是感受到一月夜晚的嚴寒，眼前的她動了動小巧的身子，默默把被褥拉高將自己包緊，接著繼續沉入夢鄉。

銀白透亮了室內的冷光與寒氣。

紗兒還在我身邊……果然只是單純的夢嗎……

看著十五歲少女睡著的稚嫩臉龐，我不禁鬆了口氣。

床頭電子鐘的時刻顯示著凌晨五點五十。空氣飄散著剛掃除過的清新味。

我用力捏了捏自己的臉頰。

「好痛。」

看來的確是現實世界。

狂烈的雨水持續拍打窗戶。我又扶額靜坐了一會兒，這才注意到比外頭閃雷還要更明亮的「異樣」。

有如鬼火的血紅光輝從我的雙瞳發出，對周遭投下淡淡的紅暈。

我與前方的空氣瞪視了一陣，光影並未因此減弱。

「……這樣啊。」

剛剛，接近瀕死經驗的夢境體感，也算是「戰鬥的危急狀態」嗎？

雙眼會發出**微光**。因為已經習慣了，所以才這麼晚才注意到。不過這回卻特別顯眼明亮。

好幾年前這種「現象」發生時，我自己也曾嚇了一跳。不過後來多次的試驗與經歷後，發現這大概就跟人體激烈活動會併發腎上腺素、或是緊要關頭會超越平均肉體極限一樣的道理。

通常只要身處戰鬥，需要進入「狀態」時，眼睛就會發出微光。

而紗兒在化身為專注的冷酷獵手時，如水清澈的大眼也會映照出寶石般碧藍的明輝，因此對於這樣好似「異常」般的「正常」現象，我也就不以為意。

老爸……跟我一樣有著暗紅瞳色的父親，曾告訴我這是家族遺傳。

不過是哪樣的奇特遺傳眼睛會莫名其妙發光，他好像也不清楚。我們家計向來窮困，也就沒心思理會那種雞毛蒜皮的「小事」。

搞不好其實每個人類都會這樣。

我以手掌輕輕遮住眼球、放開，再眨了幾下眼，快速移動視線。不會疼痛，亦沒有異常，同時血紅的光輝也漸漸褪去。

不過，為什麼剛從睡夢中醒來會進入「狀態」?抑或純粹只是夢境裡的情緒帶進了現實?

「多心了嗎……」

我凝視紗兒沉睡的側臉，儘管隔音窗外的廢棄都市上空，雷光與豪雨依舊肆虐，但她這份安寧，卻彷彿世界原本就是如此的和平。

彷彿那天起五年過後的末世都只是泡影。

紗兒安穩的睡姿與這崩壞的世界格格不入。

她理應不該出生於這個時代。

在這個因「大災變」而塌縮的世界。因人類自身而文明毀滅、因我的過錯而動亂的世界。

她明明可以過得更幸福。

但她卻沒有選擇的權利。

我伸手摸了摸紗兒的頭，柔順的白髮如月夜般靜謐。比起五年前，我救到她的那時更加的……

「哎……」多想也無濟於事吧。

只要現在的生活能持續，那就足夠了。這麼想的同時，濃濃睡意朝我襲來，就像在斥責我半夜醒來胡思亂想的行為一樣。我眼一瞇，再度躺回柔軟的靠枕中。

（繼續睡吧。）

安穩的呼吸聲與溫暖的棉被包覆住我。

沒有生命的電子鐘來到了六點整。

東北方兩千公里外的暴雨中，一群螺旋翼的拍動聲加入了奏鳴。

††

一月初的早晨，濕冷的霧氣打在臺北微朦的廢墟中。

結果我還是無法熟睡，在不到兩小時的淺眠後乾脆直接先爬起來洗了把臉。趁著紗兒還窩在被子裡，我捲起袖子，坐在廚房高椅上看著面前剛擺上的食材。

雙色玉米罐頭、橄欖油、過期一年的鮪魚罐頭……應該還能吃吧，聞聞看就知道了，另外還有一些從地下溫室摘的新鮮番茄、芹菜、洋蔥以及萵苣。作為今天的第一餐，大致上就這樣吧。

「吃什麼」在以前通常是人們最常面臨的煩惱。

「大災變」過後的五年，則是在煩惱「有什麼能吃」。

「好，今天的菜單就是炒洋蔥鮪魚瓣醬配生菜沙拉了，外加一杯現打番茄汁。」

我原本勾在椅架上的雙腳輕輕著地，雖然家裡一直以來也就只有這些東西，每周的菜色也幾乎沒什麼變動。不過五年練出來的廚藝，要將簡樸的食材變成美食，可說是游刃有餘。

我抬頭看了一眼時鐘，指針喀的一響來到八點整的位置。

被冬令統治的世界依舊灰暗，尤其城市上方又附上了一層冷霧，就算太陽再怎麼照規律運轉，依舊照不亮這片被寂寥所包圍的「無人」世界。

是的，一個大概「已經沒有人類」的土地。

五年前，在第「四」次大戰的烽火尚未消弭之際，一場前所未有的「災變」，將人類兩千餘年建構起來的文明啃食殆盡。沒有病毒傳染、沒有巨型怪獸肆虐，亦不是海嘯或火山爆發，更非因為外星人的入侵。

而是一種由人類親手造出的「世界」，反噬了一片白淨的高傲文明。

「ＡＩ無人機」，作為泛用性極高的人工智慧，在系統的控管下，成為了二十一世紀人類急速發展的根基。而因為百分之百絕對服從「全球ＡＩ軸心統合系統」的特性，幾乎沒有人懷疑過他們對造物主的忠誠。

絕大多數專家一致認為，所謂「人工智慧叛變」的可能性，為「零」。

而數字由0跳為1的那天，也再也沒有「人」能跳出來反對這樣的論述。

手中鋒利的菜刀劃開紅透的番茄，滲紅的汁液如血水般流淌於砧板上。

為什麼ＡＩ無人機會暴走？為什麼可能性極低的事件會演變成世紀災難？沒有人知道，也沒有人「能夠」知道。

無論是我們「特種災變應對局」ＳＣＲＡ，還是遠在美國紐約、控制人工智慧大主機本身的「全球通用ＡＩ軸心機構」的人員，都無能及時預測這樣的情況。

或是說——

活著「轉述」這樣的狀況。

因為無論是掃地機器人、機械服務生、還是在街上巡邏的美軍駐臺武裝無人機，所有人類最後見到的景象，大概都是無人機的雙眼散發出詭異紅光，並撕裂、重擊、轟炸他們吧。

連持續冷對峙三年的世界大戰都改寫不了的人類歷史。「它們」，在短短一天之內就徹底顛覆了。

從此之後，七月四日不再是美國獨立紀念日，而是被稱為：「大災變」。倖存者（基本上就是我）都是如此稱呼的。

而就我所知，在這片土地我是現今唯二的倖存者。另一名則是——

我將切好的番茄與芹菜丟進果汁機，同時轉動電磁爐的開關，無聲的熱氣開始加熱劃了一圈橄欖油的平底鍋。接著，把罐頭食品混料倒入熱燙的大鍋，清空黏膩的砧板，悅耳的啵啪聲隨鍋起舞。

打開果汁機，刀片旋動的嗡嗡聲逐步粉碎被裝入透明容器的犧牲者。在各種廚具奏響的同時，小腳踏在木製地板的輕微聲響自房間方向傳來。我在冒出的香氣與熱氣中抬頭望了一眼，並輕輕地微笑。

「早安，紗兒。」

衣衫不整的嬌小少女停下腳步，緩緩抬起惺忪的睡眼。

鮪魚的香氣似乎還無法喚醒她的意識，就這樣默默地站在原地看著我好幾秒後才打了個大哈欠並開口：

「亞克早安……」

我無奈地吐了口氣。「餓了嗎？」

紗兒放空了一下，點了點頭。

「那先去把衣服穿好才能吃早餐。」我用鍋鏟指了指她剛走出來的房間。

紗兒又乖順地點了一次頭，然後慵懶地步回房間。明顯大了過頭的毛衣鬆垮地套在她身上，感覺就像是給洋娃娃買了不合尺寸的換裝商品。

不禁讓人想起她剛到這個家的時候楚楚可憐的模樣，那時候，還是個好矮好矮的女孩……卻也是直到現今唯一的家人。

現在是大災變五年後的荒誕末世。

還是要提防無人機的攻擊、還是要擔心有一天會失去維生的資源、還是無法期待這個沒有其他人會來救援的空虛世界。

但至少，我並不需要害怕寂寞。

現在還不用。

††

遺落在水槽邊的碗盤已被吃乾抹淨。
外頭依舊陰雲積罩，放下尚滴著水的碗盤，我和紗兒前往占據整層於五十坪面積的地下空間。
我們能如此愜意的活過這四個多年頭，也是多虧了這座——溫室。
作為ＳＣＲＡ，也就是原「特種災變應對局」的一線情報員，我們有部分控管研究或實驗設備的大權，而正強烈散發著藍色與溫和白光的這個碩大空間，就是我個人六年前申請許可的實驗「機構」。
要說是能供應數十人生活所需的「糧倉」，一點也不為過。
紗兒一掃早晨的睡意，繫上絲帶、梳好頭髮，蹦蹦跳跳的躍下接通一樓的鐵梯。黑色連身裙隨著雙腿飄動，少女旋擺覆蓋半身的斗篷，『噠』的一聲兩腳落地並回身仰望我。
「今天要例行檢查？」
「對，」我只穿著簡易的舊制服，踩下最後一階。「順便看一下『花』的實驗如何了。」
「好～」紗兒甩動白色的長髮，像小孩子一樣開開心心跑到植栽區前。
雖然本來就是小孩子啦……。

占地約一百八十平方公尺、種植超過二十種作物、植物與同步進行著各式土壤實驗，ＳＣＲＡ局內原先是將此地規劃為未來糧食問題的研究方案，以及緊急災變時的食物來源措施，也因此我有責任收容所謂的「難民」，提供最基本的食、衣、住需求。

然而「大災變」過後，我只救回僅僅一人。

「搞什麼，真是……」

這種負面思考，我到底瞎想幾次了？

拋下微妙的不快感，我走到控制臺前開啟溫室監控系統。隨著『嗶鈴』的音效，高科技感的淡藍介面在我手掌下展開，像素構成的方框將中央控制選項清晰顯示出來。

我流暢地滑動螢幕，此時紗兒稚嫩的聲音自溫室另一頭傳來。

「這次有要澆水嗎？」

「不用，只是要確認系統有沒有正常運作而已。」

我點選區塊掃描，密密麻麻的數據立即一個接一個彈出。濕度、生長率、溫度、熟成比例……項目五花八門。

「紗兒，順便幫我檢查數據和實際情況有沒有出入。」

「了解！」紗兒同樣將臉湊近到她面前「稻作區」的面板。

到現在我也懶得深究這堆數字究竟怎麼來的，反正二〇二〇年代的黑科技本來就多不勝數，局內的研發專案更是超乎常態科學邏輯般地噁心。

「沒有異常嗎……」我隨興瀏覽幾個植株數據，迅速瞟完整齊排列的圖文。

「這邊沒有問題哦！」紗兒朝我這兒揮了揮手。

「好，謝了！」我喊回去，同時做最後的確認。

非常好，系統看起來還在穩定運轉，也就代表發電機和樓頂的太陽能板都還堪用。

在這個荒廢的時代，發電廠老早就停止運作、一個個輸電塔恐怕也已飽受風蝕倒光，要電力公司從遠方輸電到府是不可能的。

因此我們生活的一切，包括食物與水電，都要自己動手包辦。所幸有這棟功能齊全的宅邸與乾淨的溪河相伴，要不然大概只能每天點蠟燭嗑罐頭了。

我輕手滑動面板後點擊泛藍螢幕右上角的退出圖示，螢幕在閃了幾下後失去光彩。我步下中控臺，向紗兒走近。

「紗兒，要不要再去看幾眼那些藍……」

啪——

伴隨一陣晃動，周遭的世界斷為一片漆黑。

原本隱隱作響的發電機與所有電力設備，在短促的警示音後全數失去動靜，地下溫室霎時成了死寂的空間。

起初，連滴水聲都清晰可聞。

接下來細微的地震搖醒了上方的樓層。

不對，**不是地震。**

我拔出腰間的配槍。「紗兒。」

「在。」

空氣頓時冷卻了下來。

「上樓，立刻。」

紗兒還很年輕，頂多也不過高中生的年紀。直到一年前，我才開始教她各種實戰技巧與武器的運用。不過不得不說，她的學習速度快得驚人。

柔弱外表下冷冽的臨機應變力，更超乎我當初的預期。

我抓下掛在樓梯口的手電筒，紗兒則率先一個箭步衝上一樓，從玄關的櫃子抽出手槍後靠在門邊待命。她雙眼微微泛藍，瞳孔瞇得宛若雪狐纖細。

我大跨數步回到客廳，一邊照亮前方通路一邊在眼前展開虛擬地圖，從耳旁裝置投射而出的浮空面板，反映著方圓五百公尺內的「機械」動態。在十五秒一次的掃描中，代表「電子干擾結界」發信柱的綠色光點不知去向。

常理來說，以我們的位置為中心半公里外的圓周上會有四個常亮的綠點，也就是結界的發信柱。這四顆綠點所圍成的區域，就是碩果僅存的「安全區」。

然而就在五秒前，光點全數消失了。

「亞克，我要降鐵門了。」

「好，沒問題。」我鎮定回道。

紗兒點點頭，接著猛力敲下一旁的緊急按鈕。通常都緩緩降下的鋼板被即時通電，像失去支撐般直接蹦然落地後一個接一個將室內圍成封閉空間。

某些「東西」持續震動地面。

我面容冷靜，但內心根本慌得要命。

（結界被突破了？怎麼可能！）

我旋開置物櫃的鎖頭取出突擊步槍，披上戰術外套，絞盡腦汁思考著「不可能」發生的「可能性」。

如果是ＡＩ無人機，它們**不可能**突破電子結界。因為嘗試進入的同時，極高頻的電訊神經干擾就會溶解它們的處理中樞，化作一堆燒壞的廢鐵。

除非兩種原因。

一是來犯者為活體生物。

二是它們針對結界四角隱蔽完善的發信柱進行破壞。

由現況看來，很不幸地，顯然是後者。

「該死……這群機械——竟然**學習**了嗎！」

我並非沒想過，它們有自力更生、甚至進化演變的可能。但沒想到，明明只是遵照最高系統指示的它們，已經知道如何自我試驗、製造「不存在」的破口、瞄準弱點。

而且絕對是衝著我們來的。

就像要印證這短短十秒內我所得出的答案，地圖上湧入複數紅點，並且成倍暴增中。

「狀況是什麼？」紗兒快步至我所站立的客廳，問道。

「結界被破壞。」我回應。「然後無人機要來了。」

紗兒微微睜大眼，但又馬上回復機警。

「了解。」

「另外小槍子彈耗得快，把刀拿出來，會用吧？」

紗兒抽出「電光刃」，刀鞘狀的武器延展成了具未來質感的武士刀。

「勉強。」

宛如大批獸群奔跑的震波已足以撼動整間房子，地圖掃描的大量紅點已經迫近到了三百公尺以內。

200。

100。

001。

『鏗！』的一陣巨響，面向街道的鋼板門被撞出了一個大凹痕。我們兩人弓身屏息，警戒著短暫的沉寂。

『『鏗——！！』』

第二、第三個突起使鋼板不再平整。

我送上槍機，『喀擦』一聲舉平瞄準，身旁的紗兒將刀刃通電，迅藍光與手電筒齊放明燈。

接著我隔牆聽見了大口徑火砲悶沉的轉動聲——

「快趴下——！」

我大吼，不顧一切蹲低並將紗兒拖入沙發背後。

就在我們臥倒的瞬間，炸裂的爆碎風如槍林彈雨沖進客廳。強勁的餘波轟倒了一切未經固定的傢俱與裝飾品，吹得室內滿布飛天的煙塵。當好不容易能探頭時，理應有能力阻擋塑膠炸藥爆破威力的落地窗鋼板，已被轟出一個奇大無比的破洞。

緊接著，數十架「獵犬型」凶暴地擠進硝煙瀰漫的大洞。

「切！」我咒罵一聲，為薄紙般的防護線輕易被破感到焦躁。

「紗兒，架槍！」

儘管受到一點驚嚇，白髮的少女依然左手持槍、刀身架後，跪在沙發椅背後做好準備。

她的手在顫抖。

「直接開火！」

衝鋒過來的獵犬型縱身一躍的同時，G36與格洛克－18的槍口閃焰照亮了被全自動槍響盈滿的煙塵。

噠噠噠噠噠——

啪啪啪啪啪啪——

無人機一個個倒下，紗兒迅速換上下一輪彈匣，接著再下一輪。

眼前數不盡的鐵灰身影沒有減少的趨勢。

我拋開空彈匣，插入了全新的三十發子彈後持續開火。紗兒丟下打空的手槍，揮出電光刃原地迎擊逼近的凶殘大軍。

「亞克，再這樣下去……」紗兒一刀劈開一架猛攻而來的無人機。「會沒完沒了……」

她的雷刃一閃，深深刺穿下一隻替死鬼。

「我知道！我知道！」乾悶的咔嘰聲宣示彈藥耗盡，我拔出腰際的左輪，開始將一顆顆麥格農彈往源源不絕的大軍送去。

「嘖，這襲擊的時間點也太糟糕了吧——！」

無望的戰鬥依然持續著。小型無人機的屍骸愈堆愈高，也愈堆愈近。戰線已將我們逼到背後的白色牆面。

一發、兩發、三發。

四刀、五刀、六刀。

第六發。咔。

目視所及的最後一架「獵犬型」沉默，倒地。

我立刻甩出彈倉、裝彈、再瞄準。手汗使左輪的握柄濕滑難握，漫布的嗆鼻煙味令呼吸更加急促困難。

激戰過後的紗兒早就疲累不堪，碧藍的雙眼已變得黯然。實戰經驗壓倒性的不足在此時顯現出了致命的弱點。

我祈禱不要再有敵機出現在破洞口。祈禱這短暫的突襲就此結束。

然而兩架「銀蠍型」的現身讓我的祈望再次落空。

（到此為止了嗎……！）

再這樣耗下去，先倒下的不會是不斷補充的無人機群，而是我們這邊啊——

正當我準備赴死一搏、欲拔出近戰武器拚上能打贏眼前不速之客的微小機率時，我聽見了螺旋槳拍打大氣的特殊聲響。

那聲音有著就算無人機中唯一的飛行單位「禿鷹型」，也凸顯不出的重量感。就好比「幾公斤重」相對於「數十噸重」這樣，極大的「航空器」差距。

『全體飛彈就位——！』

巨大的陰影與旋翼聲蓋住洞口前方的無人機群，響徹街區的號令凍結了雙方所有人的動作。

那兩架「銀蠍型」不知出於好奇，還是警戒，抬頭一望。

『發射！！！』

這個命令自然不是從我口中發出的。

由擴音器發出的清澈女聲方落，數十枚轟落的飛彈將大街上來不及閃避的無人機炸為粉塵，連同鋼板門附近的兩架一同捲入毫不留情的火風暴中。

我以手臂護著紗兒，面迎強勁的暴風目睹這剎那間的轉勢。白色探照燈的強光撒下，隨著複數突擊步槍的連射聲進入我耳中。

『全隊，垂降，空對地掩護步兵就位！』

『二連、三連，掃蕩殘敵，動作快！快！快！』

『尋獲目標，引導指揮機於空地降落！』

各種命令與口號相互交雜，由破洞口可見數條繩索被拉下，身著墨綠色軍服的士兵有條不紊地降至地面後朝兩側推移。

我愣在原地，不敢置信地看著一切突如其來的發生。沒過數秒，一架軍灰色的傾斜旋翼機颳起路面的塵埃，彷彿一匹鋼鐵的巨獸君臨城市廢墟微不足道的破廢大街。

唯有機身側邊一個有些褪漆的鮮紅色標誌，在揚起的灰煙中、於探照燈的照耀下，閃閃發亮。

那是看上去由複數線條與字母組成的抽象標誌。具現代設計感的紅色幾何圖騰，在互不交錯的情況下構築成圓形的圖案基底。

是已經被我心底遺忘了五年，卻也再熟悉不過的「象徵」。

不明軍隊勢如破竹的攻勢仍然持續，原本該主宰這個無人之都的ＡＩ無人機群，於突如其來的過大火力壓制下，幾乎無從抗衡。在一片叫喊與喧囂之中，終於觸地的傾翼機減弱了它嗡隆的振翅聲。

厚重的艙門敞開，四道模糊的人影踏下艙門梯、踏上布滿殘骸與零星火苗的白堊道路。

方才那道女性的嗓音透過煙幕與吵雜的戰鬥聲再度傳來：

「一、二隊地面人員請封鎖街口兩側，待命我的下一個指示。」

『『是！！』』

命令一落，便可聞整齊劃一的奔跑散布於前方，響鳴耳際的轟炸聲逐漸停歇，接踵而來的是人群相互呼喊的喧囂。背著探照燈的光源，四名踩著軍靴的身影朝我們靠近。

刺眼光線導致我無法辨識來者的身分，過度震驚而一時無法釐清狀況的我，緊握如今只能當鈍器使用的槍枝，同時伸手將紗兒護在身後。

此時，我眼角捕捉到了洞口旁某物的動態。一架殘破的「獵犬型」跳了起來並發出淒凌的吼叫，在一行人經過的瞬間朝帶頭的女性人影殺了過去。

「小心——！」

我下意識脫口警告，但甚至在我來得及反應過來前，女性早已用有如西部牛仔拔槍的速度，從容地將自己的配槍轉了三圈，『磅！』的一聲重響，頭也不回地一槍擊斃差點撲上身的無人機。

那是甚至連我都相形失色的精確度。

其中另一個殿後的矮個子，也抽起兩把與他自己同樣輕巧的衝鋒槍，二話不說向兩側的無人機殘骸掃了一輪。

只是想確保它們全・都・死・透，就好像對待廢棄玩偶一樣輕鬆隨便。

「喂，妳這樣會嚇到人家的吧。」

「臨機應變而已，剛剛那架都快咬到我囉？」

「呀～果然大姊頭的實力就是不一樣啊。」

「那個……別忘記這次還有新人在啊……」

聊天般的鬥嘴，彷彿這裡不是剛經過慘烈轟擊的都市戰場，而是自家客廳般的悠閒。

而我認得這幾道聲音。

我緩緩站起身，不敢置信地望著終於清晰的幾個面孔。領頭於最前方的女性也停下了腳步，手一揮將披肩布甩到身後並向我開口：

「我們來的應該算準・時・吧？」

站在我們前的，是我以為再也見不到的，多年前曾一同奮鬥的夥伴們。

煙塵散去的客廳中央，是名有著一搓白色瀏海於黑長髮之上、白紫色襯衣制服的身姿。琴羽手插著腰，面帶微笑看向我與紗兒。身穿同款配色衣著、站在側邊的維特推了推眼鏡，小雪則相當開心的抱著筆記本探出了身。

依然警戒著後方的、全副武裝的矮小人影，也回頭朝這邊拋了一個大大的笑容。

那是身體敏捷力甚至在我之上的席奈。

我的嘴角也不自覺地上揚。

如此振奮的心情，多久……多久沒體會過了呢？

我站直身子，加深了臉上的笑容。

「還可以，不過下次也許提早一點也不壞。」

「哼，我會記住的。」琴羽給了我一個無奈的眼神，回應再度相逢的老戰友。

「但是我們都還活得好好的，這就不欠你了吧？」

「完全一筆勾消。天知道你們竟然都沒死啊。」

紗兒仍舊一副搞不清楚狀況的模樣，在笑容詭異我們之間看來看去。

「那個，亞克……她們是……？」

「啊，差點忘了。」我停下想進一步寒暄的慾望，將紗兒拉近身旁。

「各位，容我介紹一下，她的名字是紗兒。然後……」我一手搭上紗兒的肩膀。

「紗兒，她們正是ＳＣＲＡ——特別災變應對局『第一指揮組』。」

【第二章】 滿櫻

「你們還活著，」琴羽透過耳麥傳話。「這就是最好的結果。」

距離龐大的聯合部隊重新升空已經過了近一小時，直到不久之前，軍用無線電嘈雜的交談聲都還忙於指揮撤退工事。而只帶了少量必需品就上了「賊船」的我們，只能默默看著機艙內外忙來碌去的人影、機影。

「但我還是無法理解——」

傾翼機引擎造成的巨大噪音逼得我幾乎要用吼的。「既然有如此龐大的武力，比起救我們兩個，一舉進攻不是更好嗎？」

雖然能夠千鈞一髮地逃過死劫，也是要歸功於這些來由不明（或是我壓根沒搞清楚是誰）的空降部隊。

但明明有奇襲那些無人機的大好機會，就此浪費使我不禁怒氣難遏。

「或是直接照妳們說的帶上我們後順便奪回總部，不也很好嗎——？」

「好了好了，亞克大哥你也先別生氣，你帶來的小女友都被你的火氣嚇到了。」

「席奈，嘴巴。」

維特淡定的糾正席奈失禮的發言，此刻原本輕輕抓著我外套的紗兒竟然開始低頭認真思索「女友」一詞的意味。

（不是，紗兒這種時候拜託別想歪啊……）

坐在我對面的維特輕咳一聲，試著在嘈雜中重回主題。

「總之，就像你所說的一樣，我們當然不是沒考慮過『拋棄你們』的選項，或是乾脆實施救援之後直搗黃龍。」

維特推了推眼鏡，嚴肅的視線朝我直視而來。

「但剛才的景象，你也看到了吧？」

快五年不見的夥伴試問我對於「那幅景象」的感想。

而我只能以「啞口無言」相對——

在我們搭上的傾翼機升空沒過多久，從小窗俯瞰的廢城之景，已然不再是我所認識的故鄉城都。

而是以舊ＳＣＲＡ總部為中心，向外擴張至少十餘公里的黑色鐵幕，吞噬了無人的臺北舊都。

高樓大廈被怪臂般的奈米機械群綑束綁縛，低矮的房屋則完全淹沒在黑潮之中，閃爍著無盡的暗紫光火。我們剛好落於恐怖勢力版圖邊緣的居住所，在那不久之後也消失於灰色的視界之外。

以往在髒汙色澤之中點綴著群青生機的城市廢墟，在剛剛那波突如其來的無人機襲擊後，連最後一點的自然人文都被殘虐的紫黑湧流所取代。

彷彿滅世的猛獸，不留絲毫的仁慈。

我和紗兒的幸運，只是在千鈞一髮之際逃離罷了。

「確實……看見了。」我吞了吞口水。

「那你應該也能理解，我們沒有能力跟那些早就暴走的怪物硬拚，至少，在救起你們、重新整頓前都不行。」

「這些東西會突然狂暴化，是你們早就料到的嗎？」

「我們那邊的專家有提醒了這點，」維特調了調麥克風的距離。「只是這也實在有點超出我們預期就是了。」

「這樣的話，日本……你們那邊至少沒那麼糟吧？」

既然能這樣出兵相援，那就代表至少沒有臺灣這麼嚴重才是……

可是維特搖了搖頭。「不盡然，日本方面也有他們自己的難處。」

「什麼意思？」

這時，一道相對細柔的聲音傳來，小雪面有難色地回答我的疑問：

「東京……也淪陷了，亞克。」

我微微睜大眼，但在一瞬的思考後又因為這「理所當然」的「玩笑」而垂下驚訝之情。

二〇二〇年代的人類文明，渴求進步到了一種極其瘋狂的地步。

會搞成這種結果可想而知。

以往，貴為日本首都的東京據其人口、資源與經濟流通的優勢，急速發展為ＡＩ科技應用的大都會。大街小巷、觀光熱點到處皆是ＡＩ機器人服務人群的蹤影，日本自衛隊更在「防衛用」武裝無人機的研發競賽中鶴立雞群。

十幾年前的奧運，儘管當時的東京受到了某種病毒疫情的影響而委靡不振，但依然在隔年的聖火之中宣布了成為世界人工智慧大城的鴻圖野心。

當然，所有ＡＩ無人機使用的皆是「全球ＡＩ軸心統合系統」，就算是使用不同學習系統發展的自衛隊研究也「無一倖免」。

所以在ＡＩ失控暴走的那一天，喪失了首都防衛的主導權似乎……

理所當然。

「所以局長跟日本臨時政府做了個交易，」專注於駕駛飛機的琴羽搭上話。「他們願意借我方足夠深入救援行動的軍力，前提是，我們在接你們回去後優先協助處理他們的『內務』。」

「收復東京，就是這麼一回事唄。」席奈一派輕鬆答道。

（嗯嗯，非常好，這副本難度也提高太多了吧！）我默默吐槽著。

飛機的引擎持續發出穩定的轟鳴聲，據琴羽所述離目的地還有一個多小時的航程。但剛才經歷生死交關的我，心中尚有堆積如山的疑問還未宣洩。

「那你們又是如何知道我們的位置？或是說，怎麼知道我還活著？」

維特一貫冷面的接下疑問。

「我們在好不容易撤至安全區數個月後，一直都在追蹤。自從你五年前的那一天，被判定『行動中陣亡』後，我們就算不得不全體棄守臺灣，依然沒放棄搜尋你的下落。」

「雖然知道你家會是最大的可能，但你藏得很徹底，幾乎無從捕捉你的行蹤，很多人也都認為你早就死了。不過去年前我們終於還是透過衛星影像找到了蛛絲馬跡，之後，就差不多是你所看到的了。」

「這麼久的時間，你們……都沒有放棄過？」

「至少，局長下令我們不准放棄。」小雪似這是天經地義的道理般補充著。

局長嗎……

「而且，在你失聯時，羽姊哭得可厲害了。」

「對啊，大姊頭可是哭到了失魂落魄的地步呢。」

「我……我哪有啦！」

被眾人這麼一調侃，原本儀態端莊的決議長瞬間紅了耳根，飛機更隨著駕駛傲嬌的性情而像遇上亂流般急降急升，害艙內的乘客一陣東倒西歪。

「那個……上校，請專心駕駛……」

被波及的副駕駛軍官扶正頭盔怨了一聲。

「這、這不是我的錯啊！真是的……」琴羽面紅耳赤的道歉。

（這個嘛，我當時確實是差點就死透啦）

我偷偷在心裡想著，對於方才那些再日常不過的玩笑話感到無語。

但是，卻又無比懷念。

「玩笑話就先打住。」維特拉回偏掉的話題。「反正簡單來說，我們此行不只是為了救人，而是下次作戰的準備。」

我馬上猜出維特話中的意圖。

「你們需要什麼？」

「知識，還有經驗。」

維特毫不掩飾地迅速回答。「你們到底怎麼獨自撐了五年的災後世界，大家都很好奇，而對日後的作戰方針來說，更有急迫性的需求。另外……」

維特看了一眼紗兒。「算了，詳細的到那邊再說吧。不管如何……」

第一指揮組的眾人轉頭看向我，維特更露出了難得的溫暖笑容。

「很高興能再次看到你，亞克。」

沒有人有資格期待末日會有什麼奇蹟。

而現在，感動之情盈滿我的胸膛。在戰爭之後的末世、在混亂之後的數年……說實話，我差點就拋棄了再相見的可能性。

我曾半身踏入了棺材、曾找不到任何人來填補內心的孤獨、曾面對希望最渺茫的命懸一線。

不過，奇蹟總是會在我最絕望的時刻出現。

也許，正是因為身處末世，才會稱作「奇蹟」吧。

「嗯，我也是。」我回應大家的笑容。

一陣尷尬沉默後，席奈突然動作誇張地從座位上跳起來。

「說起來，我們還沒跟紗兒自我介紹過吧？啊，不過嘛……」

「她睡著了……」

小雪看著紗兒人偶般的睡臉，此時已累攤的少女靠在我的右肩，髮絲垂掛於小口呼出的氣息之上。

飛航之旅如此顛頗，虧她睡得著啊……。

我輕輕一笑，決定不去吵醒身旁的少女。

「就等到那邊後再聊吧。」

††

浩浩蕩蕩的旋翼機隊梭行多雲的藍空已近三個小時，當我再次從瞌睡中醒來，山野遍布的大島正在機隊之下闊然展開。無盡的茂綠土地穿雜著白雪，一路向北方延伸，縫隙間零星散落著城鎮的遺貌。

從晴朗的上空往下看，根本感覺不出這是被遺落的末世，而是自然力蓬勃的冬日褐綠色絕景。

一路保持清醒的琴羽持續帶領著機隊並打破沉默：

「各位，醒醒吧，要準備下降了。」

軍灰色的傾翼機一段段降低高度，我推了推肩膀，叫醒纖細的睡美人。

「嘿，該醒來囉。」

紗兒細小的眼睫毛動了動。「嗯……」

「起來看看沒看過的景色吧，在以前可是沒什麼機會看到的。」

其他人也開始起身活動，我們倆自飛機的小圓窗探頭。在層層薄雲之下，山麓稜線綿綿延開展，離開海岸線後，腳下盡是零散的村落與不絕的綠意。

而在前進線路的右前方，披著白罩袍的富士山儼然聳立於群丘之中。一襲純白的裙襬流洩一地，在冬日雨後的暖陽中映照明輝。

廣大的山林持續占據著眼球，我才發現整個機隊正往一片不是多起眼的鄉間聚落降落。

「呃，琴羽，我們的目的地不是某個……軍隊基地或大型避難所之類的嗎？」

（這種偏僻的村莊，塞得下這麼多飛機嗎……？）

「是沒錯。」

「可是我們現在在深山野林上空哦？」我依舊困惑。

「別急，馬上就能看到了，坐穩囉。」

語畢，兼任駕駛的琴羽撥開通訊鈕，接上遠方另一端的通訊。

「塔臺108，這裡是編號E-086行動指揮機，請求機隊進入許可，OVER。」

帶電子音的男聲經無線電回傳：『行動指揮機E-086，請問是否攜帶任何禁入物件，OVER。』

「應研究署要求，回收並裝載了三組已安全癱瘓的無人機零件，其餘本機隊二十一架機體未承載任何違禁組件。另外多增救還兵員兩名，OVER。」

一陣短暫的沙沙聲後，陌生的男性聲調再次通報：

『收到，已完成掃描確認，行動指揮機E－086，西邊第三結界陣面已開放，准許進入，祝降落順利，OVER。』

（結界陣面？）

「塔臺108，感激不盡。」

留下了真切的感謝語，琴羽啪啪啪地一個接一個打開飛航系統開關，將機身加速開近不起眼的「小村莊」。其後跟進的機隊也開始紛紛放地高度。

印象中，我們現在面前的富士山北側，應該是河口湖……以一片廣大的明鏡為中心發展的觀光重鎮。不過眼前就僅有這麼一個房屋零散坐落的「野地」，其餘則是無盡的青木之林。

連終年清澈的大湖本身，都不見了。

無論幾年前的「大災變」是如何影響了地景，這也著實太過怪異。

但就在地面直撲而來的剎那，我還來不及深究其因，即感受到一層無形的障壁通過我的身軀。湛藍的光輝在一瞬之間充斥我的視野並隨後淡出。

而當我再次睜眼往窗外探頭一看——

我只能以嘆為觀止來形容眼下之景。

「兩位，歡迎來到SCRA日本防衛支部——Japan Catastrophe Confront Force，簡稱JCCF。」

琴羽沒有回頭，僅是以驕傲的語氣說著。

「或是，換個『親切』一點的說法……」

「歡迎來到高科技地底新都——『櫻座』。」

窄小的山林村落如海市蜃樓般消失，取代原景映入眼簾的，是整齊羅列的日式房屋、明顯新落成的高樓大廈、雪白遍布的地景……

以及，盤據城市正中心的富士五湖之一——河口湖。

精確來說，是「被劈成兩半」的壯闊湖泊。

「地下……都市？」

「好厲害……！」紗兒語帶敬畏的驚嘆，就連我也對機窗外這片科幻級別的風景感到不可思議。

應當坐落於富士山下的堰塞湖，被鬼斧神工般的「人工」力量硬生生分為高度差至少五十公尺以上的兩半，徑長超過一公里的巨大的瀑布順著曲狀切面傾瀉而下，倒進已經成為「地底」的另一半。

而湖畔周邊半數的城鎮也隨之被扯進地平線之下，與原本就掏空了地底、不確定到底如何建成的「新都」合而為一。

從上俯視，整個城市有如彎月，區分為東邊光彩明目的白天和西半側星火通明的「地底不夜城」。再往機隊的右方一望，就是巍峨挺拔的日本聖山。

與這只有科幻電影才見得到的場景相比，埃及金字塔什麼的，根本就是小巫見大巫。

「如何，沒看過這麼壯觀的景色吧？」席奈自豪地笑道。

「何止壯觀……這根本就是工程奇蹟了吧！」

「吶吶，是怎麼把城市『降下去』的？」紗兒滿臉雀躍地抓著我的手臂。

「這我怎麼會知道……」

「亞克以前因為出差去過關西機場不少次吧？他們就是只是把『抬升』的工程法倒過來用而已。」維特口吻一派輕鬆，反而顯得更加誇飾了起來。

「不不不『倒過來用』種說法太變隨便了吧。」

該說真不愧是日本嗎……竟然連城下城這種設定都真的搞得出來。

浩浩蕩蕩的機隊持續下降，沿著巨大人工瀑布漫漫的水霧擦邊而過。此時已可見到被鐵路幹線、湖畔與山緣三環包圍的軍事基地總部。

倚山而建、鐵灰及純白色作為基底的建築群逼近眼前，開闊的停機坪大大地漆上了「日本自衛隊」與「ＪＣＣＦ」的字樣。

以我們這架指揮機為首，旋翼造成的風壓揚起因暴雨而帶來的水窪。身著黃色背心的地勤人員交叉揮舞著警示棒，灰色的大鳥遮擋陽光，盤旋於廣大的機場平地之上。

在搖搖晃晃了幾秒之後，伴隨硬質的觸地聲響，發熱的引擎停止運轉，我們也終於回到了平穩的陸地。

結束了這趟還算平穩的飛途。

琴羽脫下頭盔，呼了一口氣並甩了甩秀麗的黑髮。

「好了，首先——」往後機艙婉媚一望的駕駛員如此宣布：

「去跟局長報告一下喜訊吧。」

††

位於山梨縣褐綠山腳下的ＪＣＣＦ臨時總司令部，是個新舊交雜的基地建築群。

彷彿在演繹著這個小鎮平和的往昔，卻又同時炫耀著「櫻座」新都的威武。

吹過湖岸的風儘管寒冷，卻帶著大都市不會有的清新冬日氣息。

然而被鋼筋水泥與鐵壁環繞的室內，卻冷肅得令人不自在。

代號「陳」，或是說，我們過去一直以來都僅以這個姓氏敬稱的ＳＣＲＡ——「特種災變應對局」創始局長，此時她銳利的黑瞳正掃視著在場的所有人。

電子螢幕的藍冷光，讓這灰黯的房間顯得更加壓抑。

許多自衛隊的上級軍官、又或是ＳＣＲＡ幹部們，連一根手指都不敢動。我也只能以滴著汗的冷面應對。

唯一看起來比較從容的，是站在陳局長身後、一身白袍的粉櫻色長髮女子。是我所不認識的面容。

（話說這氣氛……搞不好陳局長的下一句會直接破口大罵。）

現場全員都靜靜等待「那一刻」的到來……

「歡迎回來。」

「這句話不需要醞釀這麼久吧局長！」

忍不住的席奈直接一臉正色地吐槽道。

「抱歉了，只是不擅表達情緒，你們能平安歸來我也很高興。」

眾人像是從什麼重壓中解脫般，接連吐出了欣慰的一口氣，以前總擺著撲克臉的陳局長也難得稍稍勾起嘴角。

我戳了戳紗兒的肩膀，她這才「呀」一聲從僵直狀態中清醒過來。

「尤其是你，亞克。」

「欸？」

在這釋懷的氣氛中，陳局長以覆蓋力強大的聲線讓全場再度歸於寧靜，並且直直朝我望來。

「能在那樣的環境生活將近五年之久，你也是不簡單。辛苦了。」

「……是嗎。」

我垂下眼簾，不願正對陳局長的凝視。

這位裁得一頭切齊灰髮、面貌凜然的「局長」曾經幫助我走出人生的谷底。

只是，此時此刻我不太知道該怎麼面對。

面對這突如其來的安慰。

陳局長也沒再多說什麼，只是輕嘆口氣，繼續主導著氣氛：「想必你應該有很多的疑問吧。為什麼我們會在這邊、為什麼這種時候才執行救援、今後你的任務是什麼，還有……『你們』是什麼。」

我垂落於黑髮下的雙眼微微睜大，震驚地抬起頭看著陳局長。

「我們……『是什麼』？什麼意思？」

「琴羽，先帶其他人回到崗位吧。」

「是。有誰需要留下來……」
「已知者去、不知者留，**不必知者**也統一帶回。」陳局長斬釘截鐵地命令。
「收到。其他人跟我走吧，你們幾個也是。」
眾人紛紛起身。離去前，夥伴們只是拍拍我的肩膀，隨後不發一語地離去。
琴羽亦毫不猶豫執行方才的命令，領著第一指揮組和其他自衛隊軍官步出辦公室的門口。在門板輕輕闔上前，她再度轉回了頭輕柔地動著嘴脣。
（待會聊。）
最後一絲無聲的話音消失於門縫後方。
我和身旁依得緊緊的紗兒靜立在這個突然空了不少的房間。偌大的辦公室中除了我們，僅剩陳局長與雙手滑進白袍口袋的陌生女子。
好不容易能從混雜的思緒中抽離注意力，才發現這名女子外表相當年輕。
「忘了跟你們介紹，我身後這位是白石櫻，這裡的首席科學與防衛研究官。稍後也會由她來解釋你們想知道的情報，不必拘謹。」
名為白石的女子並不以軍禮相敬，反而優雅地右手撫胸鞠了個躬。
「JCCF一等陸佐，白石櫻。兩位，請多指教。」
白石櫻拋來一抹如春風般的微笑，稚氣未脫的容貌下卻透出反常的成熟。
一想到這裡姑且還是「軍營」，我也立刻雙腳併攏並回敬了標準的軍禮。

「SCRA，呃……第一指揮組情報官，亞克。同行紗兒。」

「啊！妳、妳好……」

突然被我叫喚的紗兒還未能熟悉這樣緊張的軍隊環境，只見她迅速縮到了我身後，支吾答覆。

沒想到白石櫻見到了這樣的反應輕笑出聲。

瞬間，彷若有櫻瓣飄過。

「咦……幻覺嗎？」

「都認識彼此的話就進入正題吧。」陳局長並未因我的困惑停下。「另外亞克，今天開始你的軍階就是『二等陸佐』了，也就是中校。雖然論資歷你是有資格再往上一階跟琴羽並齊，不過才剛到這座基地的你在眾士面前還沒有信服力，算個折衷吧。」

「中校？但是局長，我們SCRA並非正式的軍隊而是情報組織吧。」

「畢竟身在日本自衛隊的地盤，還是要有個上下之分方便辦事。」

陳局長頓住並看了紗兒一眼。

「至於你旁邊那位**『紗兒』**，暫時算一般戰鬥人員吧。」

面前施放著鎮場氣魄的領導者將手移開桌面。「推動」著座椅一格格滑出剛才擋住她下半身的辦公桌。

我再度驚呼：「陳局長，妳的……」

「腳嗎？小事，並不是致命傷。」

輪椅。披掛在腿墊上的褲管，只有右側有著明顯的「實體」。

「在五年前撤退的時候，一個不小心被弄斷了呢。」

「那怎麼會是！怎麼是……小事呢……」

我攥緊拳頭，內心為陳局長這種毫不在意的態度感到悲憤未明。

「亞克……」紗兒看到我激動的模樣，忍不住喚了一聲。

「亞克，你沒有資格感到憤慨。我也沒有。」

陳局長推著輪椅來到我面前兩公尺的地方，維持一貫的肅穆。

「你要知道，我和你那些還活著的夥伴，已經是十足的幸運。當我們要從臺灣撤退時，究竟失去了多少特災局的優秀幹員，還有國軍的英勇弟兄們……如果不是他們的犧牲，我們甚至無法擁有『撤退』這個選項。」

「那場災變……『大災變』中，究竟發生了什麼？」

「人類的徹底敗北。」

陳局長面不改色。「應該說，『我們自己親手造成的毀滅』。」

「這點我懂，但是實際又是怎麼一回事？」我揚起冒汗的頭追問。

「你身為情報官，應該對ＡＩ無人機的潛在威脅再清楚不過。而我在當時密令你親自去美國的『全球通用ＡＩ軸心機構』一趟，也是為了確認這樣的威脅，是否符合

『特種災變』的標準。」

聽到這段過去，我咬緊了牙。「但是一切都來得太快了……」

「沒錯，而那遠遠超出我們情報所能對應的範疇。全世界的ＡＩ無人機突然無預警暴走，特災局最終無力抵禦數量過多、凶殘無比的ＡＩ大軍，被迫撤出災情最慘烈的臺灣，世界各國政府亦失去正常運作、傷亡慘重。就算是我們現在所身處的日本，也僅有這一塊是目前已知的少數『淨土』。」

「死了，多少人？」

「就這麼說好了，全世界人口銳減的的數量與速度，完全與過去任何瘟疫、氣候災害是不同一個級別。」陳局長不正面理會我的問題說道。

（可惡，要是當時能夠早一點把情報……）

紗兒撫著我的背。「亞克，不要責怪自己。」

陳局長點點頭。「這不是你個人的錯，沒能及早反應的當局幹部都必須攬下責任。何況，雖然尚未能斷定，但可能有一半的原因是出自『我們』本身。」

「出自於我們本身什麼意思？依我的理解，不應該是美國那邊的主機出了差錯而導致的全球失序嗎？」

「這的確是主因，但是，」陳局長擺出了深不可測的表情。「『有能力控制ＡＩ的首腦級主機』，不只美國那一個。」

「……究竟還有多少東西，是我被蒙・在・鼓・裡・的？」

我從疑惑、悲傷與氣憤交雜的情緒，轉為純粹的、悶在體內的震怒。

自己甚至沒意識到，赤紅的眼球已微微亮出恨光。

「先別動怒，慢慢聽我講。」陳局長伸手制止了看似想上前擋住我的白石櫻。這名神祕的「研究官」也只是聳聳肩，便愜意退靠回後方的牆壁。

「我們是怎麼敗退的、失去了多少資源及人手，你之後再慢慢從琴羽那些人打聽細節就好。總之後來，特災局逼不得以撤至日本的這座避難都市『櫻座』。順帶一提這整座都市的防衛機制與結構都是由白石小姐一手設計的。」

白石櫻再次點點頭致意。

「這就是她的軍階與**存在感**如此高的原因嗎……」我暗暗思忖。

「但是日本的情況也沒比我們好到哪去。東京淪陷的速度甚至比臺北還快、日本首相根本連公布緊急事態宣言都來不及。對於現況，你只要知道『日本的受害優先級』比本土還高。這就夠了。之後還有很多時間會再慢慢跟你解釋，就讓我來說說『你想聽』的東西吧。」

「——為什麼ＳＣＲＡ是災變的『主因』，是吧？」

「特災局創立的目的，除了基本的國安保衛與威脅預測，另一個最重要的項目，是保護一個幾乎不曾對外公開過的機密研究。」

「機密研究？」

「對。是連你們這些內外勤人員都不被允許知情的研究計畫。不過現在你也該知道了。那就是現代ＡＩ技術的起源、釀成災變的原初之母——」

陳局長深邃的細眼一瞇。

「——我們通稱其為『PROJECT S・E・R・A・I・C・E』。」

PROJECT……計畫……

「呃……！」

霎那間萬束電流灼燒著我的腦葉，似夢境又似回憶的走馬燈衝擊著思考，令我幾乎無法呼吸。

那個似曾相似的詞彙、那個曾出現在「過去」的虛造記憶。

環形的實驗室。無止盡的虛無走廊。

那純白軀體的人形，緩緩張開深不見底的藍黑睛瞳——

「亞克！你沒事吧！」

回過神，我已捂著頭跪倒在地，紗兒使勁扶住我以防我萬一直接癱倒。

「唔……」

「對這個詞有什麼印象嗎，亞克？」

見到我這副異狀，陳局長僅是輕描淡寫地質問。

「……不，並沒有。只是在以前的夢出現過而已。」我苦嘆。

漸漸從記憶的突波中回復，我謝過紗兒，再度撐起自己的身體。

「繼續跟我講講那些『真相』吧，局長」

陳局長略略點頭。「『PROJECT S・E・R・A・I・C・E』，我們一般通稱『希萊絲計畫』，是一個並未真正公諸於世的機密研究。因為她有著許多現代科學無法解釋之謎，所以當初內部人士不被允許洩漏任何相關情報。」

「不就是人工智慧技術的結晶嗎？」

「沒那麼簡單。希萊絲，『SERAICE』這個單詞是『壓抑性高效率現實人工智能生命體』的縮寫，也是現在仍舊影響著全世界的『全球ＡＩ軸心統合系統』起初能夠成功建構的基礎。」

「那個所謂的縮寫，全名是什麼？」

「Suppressed Effective Realistic Artificial Intelligence Cybernetic Existence。」

我瞬間傻眼。「太長了吧……。」

「我自己也這麼覺得。」

「就說吧，陳。真的太長了。」

連白石櫻都理所當然地複述。

「這畢竟也不是我能全權決定的。」

陳局長並未特別因此感到煩惱，反倒若無其事地繼續說明：

「總之，這個『希萊絲』，大概不是你心中所認知的人工智慧，而是更加特別的存在。她是這世上唯一一個、也是最古老的『智慧』。我們從被挖掘而出的古文物中汲取晶華將她變成現代科學能理解的形式，也就是『ＡＩ』。然而，不只是作為ＡＩ的深度學習能力、極高效能的電子作戰能力，希萊絲本身所含帶的，是任何二十一世紀的知識都無法解釋的，能夠控制現象或特定物體的『異能』。」

「等等，從古文物中挖掘出來？異能？到底在說什麼東西？」

一下子過大的資訊量，讓我已經高速運轉的腦神經都快要無法負荷。

「無法馬上接受很正常，畢竟本就不是能輕鬆解釋的『科技』。」

「可是能從土裡挖出超越現代技術的科技？這已經超脫一般常識了吧？」

「如果綜觀來講的話，其實是合理的。只是歷史**沒有記載**。」

「沒有記載……」

「這點我們最後再談。綜上所述，希萊絲是一種極其強大、蘊含無限潛力的**人工智慧原始模型**。而那個**東西**，一直以來都靜躺於特災局總部的地下室。以前未曾跟你說明，在此致上歉意。」

「所以意思就是說，導致那場災變的元凶，就是這個『希萊絲』對吧。」

「不盡然，」陳局長婉轉否定。「我剛剛說過，我們『可能是部分的原因』。但是事後的調查發現，主因果然還不是希萊絲本身。」

「不是希萊絲本身……所以確實就是美國那邊了嗎？」

如果依照我的預想和以往所知的情報，唯一有能力統轄全球ＡＩ無人機的，就只有位在美國紐約市的「全球通用ＡＩ軸心機構」。當暴亂發生之際，我雖然早已猜測到了無人機的暴走情勢，但依然無力回天。

那是一個來不及傳達到的警訊。

而沒想到其背後還有更複雜的起源。

在昏暗而空盪的辦公室，陳局長繼續娓娓道來：

「事件的完整始末，是四年半以前，二〇二八年七月三日，我們特災局的ＡＩ技術研究主席，同時也是希萊絲計畫的主導人之一，打破規範將極其珍貴的研究成果偷渡到美國。當時我們來不及派人拘捕，而亞克，你也剛好從美國歸返。然後就在隔天，位於美國紐約自由島水下機構主機的『全球ＡＩ軸心統合系統』短暫失靈，詳細的數字與狀況我們無從取得，但是根據這幾年的調查，就在當時複數指令斷線而未能覆蓋ＡＩ自主判斷行為接下來的幾秒鐘，全球搭載人工智慧的機器，失去所有控制。」

我一邊心有餘悸地聽著這恍若昨日的真相，同時握緊紗兒牽著的手。

「幸運的話，就只是機能阻斷而故障，進而使人類生活停擺；不幸的話，就是街道巡邏的武裝機器載具，以及室內失控的眾多輔助、服務型機器人，開始消滅人類。對上高度智慧、重度武裝，並被『殲滅人類種』這個唯一指令束縛的機甲，全人類只能有一個結果。」

從剛剛以來就一直不發一語的白石櫻，此時也保持閉口細聽。

「那就是，全球人口在短短一周內喪失了七成，六・十・多・億的生靈消失。就算有少數倖存者，我們對外的所有聯絡也幾乎同步中斷。這數字還只是從日本與臺灣兩地的平均值取來的粗糙推論。」

陳局長終究還是對我道出了，那令人不可置信的死亡數據。

（六十多……億……）

「相信你應該，已經有做好面對事實的心理準備了吧？」

「嗯……姑且算是有。」

騙人。

這種事實，要叫人怎麼做好「心理準備」？

確實，我從廢墟中醒來那天以來，除了我身旁的白髮少女，就再也沒見過任何活人。但是我依然抱著「只有臺北是重災區」的希望，一直一直一直，努力的在這荒誕的末世生存著。

我以為再更往南、或是這個島嶼之外的世界，肯定還有多數的人類活著。
甚至因為今天被帶到日本的這座基地，我重拾了難得的希望之火。
但那只是虛假的盼妄。
「遍布全球的戰情單位，包括我們SCRA特災局，曾都一致認為不可能發生的事態，如今，取代了人類占據這個世界。而這背後最大的罪魁禍首，十之八九是那個潛逃美國的AI技術研究主席。」
「那剛剛說希萊絲有包含在造成這個末日的原因裡面，又是為什麼？」
「我剛剛就說過，希萊絲只是『原型』，她雖然也有『主導』這一切暴走的可能性，但在希萊絲計畫的研究成果被盜走分離到美國並加入『全球AI軸心統合系統』真正的主機的那一刻，希萊絲本體就遭到弱化，哪怕這個『怪物』當時具有強大的自我意識，也不可能覆蓋主機指令行事。」
「因此，才說她是『起因的一部分』？」
「沒錯。然而這不代表希萊絲對我們來說已經不具威脅性。維特稍早也跟我報告過了。當你們離開臺灣時，那片『黑色洪流』，你應該有看到。」
黑潮之中，閃爍著的無盡暗紫光火。
那是一輩子都忘不了的煉獄之景。
「確實有看到。那時我的據點突然被AI無人機所突破，它們徹底失控、同時試誤學習的速度比預想還要快得多。如果我沒猜錯的話，那個應是由奈米反應素所構成的機械洪流，就是希萊絲在背後主使的吧？」

「我們也『希望』是如此。至少如此一來就有個明確的敵人了。」

陳局長在此稍稍打住。剛剛如潮水般不斷湧入腦海的情報，我恐怕現在也無法完全消化。

不如說，原本就堆積如山的疑問，如今反而又衍生了更多的困惑。

而一直也都說不上話的紗兒，此刻依然微微地感到害怕，不知該對當前這些對她來說艱澀難懂的知識如何是好。

我穩穩回握那顫抖的小手。「沒事的紗兒，妳現在不需要去擔心這些。」

「……嗯。」

紗兒還是無法完全平復心情，不過至少情緒穩定了許多。

「抱歉，似乎一下子給你和紗兒太多資訊了。這種時候應該要先讓你們好好休息才是。」

「能早點同步現狀的話，我也好跟上這裡的步調。」

我故作逞強地回覆。

「那好。反正你只要先知道，現在的我們還沒有與臺灣那些暴走無人機抗衡的能力，更遑論遠在一百公里外的東京，已經變成了完全的『無人區域』。」

「東京的受災規模，有多大？」我兢兢問道。

「天皇失蹤、連外交通封鎖、自衛隊研發的無人機占領東京市區。一般市民與自衛隊被迫逃難到這個地下都市。東京現在，是完全的鎖城狀態。」

「所以我們才需要首先奪還東京嗎？」

「這是與自衛隊談好的條件。」

先一齊攻下東京，再聯軍回到臺灣。

如果不這麼做，自衛隊便不會願意兩肋插刀幫助我們，而我們也無法在**對等平臺**下協助日本。琴羽當時是這麼告知的。

就算在這種末日的時代，官場文化的險惡還是存在的嗎……。

「總而言之，那個背叛了特災局搞得全世界一團糟的**研究主席**，暫時先放到一邊。反正我們目前也追查不到他的蹤跡。你從今以後必須專注的，是更多的訓練，還有依序奪回東京、臺北主導權的作戰上。明白了嗎，亞克，紗兒？」

「收到。」

「明……明白了。」

陳局長對紗兒露出示好的笑容要她放輕鬆。但善意也就僅有那麼一瞬。

我也終於差不多消退了怒火。但是，滿腹的疑問還在。

此外一整天下來，其實已經有些身心俱疲，我想紗兒也是一樣。只是……

「再來，還有一件事。一件你們兩個必須知道的事。」

「是現在需要知道的嗎？」

「這攸關之後作戰的成敗。還有更甚者，人類的『未來』。」

人類的……未來？

陳局長後方白石櫻空靈的嗓音接上話：

「亞克先生、紗兒小姐。你們兩位有時，眼瞳會發光，並且身體能力會提升，對吧？」

「——！是的，不過白石小姐怎麼會知道得那麼清楚？」我代表紗兒回答。

「那是『異能』的象徵。」

「……」

誒？

「異能……是什麼意思？」

比起剛才那什麼「希萊絲計畫」，這更加超出普遍常識的範圍。

我的腦袋已經快要運轉不過來，流下的冷汗更使我焦慮難耐。

「聽好了，雖然你自己可能也已經意識到。但是無論如何，亞克……」

我吞了吞口水。並且，對於陳局長接下來所說的真相，感到極度的吃驚。

「你是異於常人、能夠使用非自然力量的『控靈使』。並且——」

陳局長那無人能夠逃避的銳利眼神，直盯進我身旁紗兒的碧瞳。

「紗兒，妳，不是**人類**。」

一句話彷彿對脆弱少女的死刑宣判。

††

冬日的夕陽映照，橙橘染上雪白披肩的山頂。

逃脫了採光不良的陰悶空間，由廊道側窗灑進的季節格外美麗。

「敝姓伊藤徹，一等陸佐，方才沒能及時自我介紹是我失禮了。」

「不不，怎麼會呢，伊藤……陸佐?您的官階可是比我還高。」

「官階不一定代表能力。無論是陳陸將還是亞克先生都是實力過人者。」

我尷尬地摸了摸頭。「您過獎了……」

我、紗兒與這位長相秀氣的自衛隊陸佐同行，在長直的墨綠漆走廊上徐徐前行。

耳邊除了方才短暫的談話，只有湖邊吹來的冷風餘音。

「我在這邊的工作，主要就是照顧來自臺灣特災局的各位，並且統整雙方軍隊的默契。」

伊藤徹把握機會，再度試著和我搭話。

「亞克先生與紗兒小姐剛到此地，想必也很勞累吧？」

「確實，我們現在真的十分的想好好休息一番。」

「那樣的話請放心。待會就會到您分組的宿舍了。」

還請再撐住一下。他補充著。

我謝過他的好意，側頭望著從剛剛開始就低下頭的紗兒。可惜這改變不了任何事的舉動，讓我也只能繼續默默地牽著她的手往前邁步。

在湖面倒映粼粼波光的夕陽又更低了些。

「那麼我們到了。這裡就是貴單位——SCRA第一指揮組的宿舍區域。」

我快了紗兒一拍停下腳步，抬頭望了望並無特殊新意的掛牌與和這片鄉村景色不太搭調的防爆電子門。

「十分感謝你，伊藤長官。沒有你我們恐怕要迷路好一陣子。」

我牽強地掛上笑容，不過恐怕還是被這位自衛官看穿了內心的疲憊。

「啊哈哈，不必特過於拘泥禮節，亞克先生。以後叫我伊藤就可以了。那麼，如果有什麼事需要幫忙的話再隨時聯絡我，我的宿舍就在這附近。」
「好的，再次感謝，伊藤先生。剩下的我們自行處理即可。」
「不會，也請多保重。希望你們偶爾也可以到河口湖畔適度地放鬆一下。」
「我會記得的。」
我本來準備敬禮相送，不過這位相當和善的自衛官反倒只是伸出了手表達善意，我也只好笑笑作罷並握上那細長而堅實的手掌。
（看來這裡的軍制，意外地也不是說十分嚴格……。）
目送他離去的同時，我注意到有幾名不認識的自衛官從走廊角落拋來側目。
我提起嗓門。「請問……」
話還沒問完，那兩三個原本瞪視著我們這邊的自衛官便像做壞事被發現、又像嫌我們不順眼般，一溜煙的跑走了。
（我應該沒有作出什麼虧心事吧？）
我抿抿嘴，再度轉過身，提起並沒有多少重量的行囊。
「紗兒，要開門囉。」
見身旁的少女沒什麼反應，我再度喚了聲並輕搖她瘦弱的手臂。
「紗兒。」
「……咦？哦，嗯，好。」

她有點語虛地回應，我頓時內心流過一絲苦楚，不過還是慢慢牽著她向前並輸入伊藤徹剛剛告訴我的門鎖密碼。

右手包覆著的微弱溫度又握得更緊了些。

密碼鎖閃過「0860」的數字並「叮叮」數聲開始解鎖，門內一排排交錯的卡榫與金屬發出清脆的退固聲，隨後面前的防爆門忽視重量高速往左側滑開。

於眼前展開的艙型空間意外地大……

「亞──克──！」

「唔哇！」

眼看就要被某個突然衝出的物體撞個正懷，某人及時勒住了這脫韁的野馬。

「席奈你給我回來。」

維特揪住這好動兒的領子，一言不合直接把席奈拖回房間內。

「欸～可是人家亞克好不容易才復活的啊！」

「他沒死過好嗎。」維特冷淡的回應。

對，我並沒有死過好嗎。

此時唯一還在門口的琴羽看了看我、又看了看房間內殘暴的「綁票」，不禁露出無奈的笑容。

「抱歉，又放他出來亂了。」

「沒事，反正**以前**就是這樣啦。」

我苦笑著回答。一時間，我們雙方不知如何化解這久隔未見的尷尬。

雖然也只是數秒的沉默。

「那個亞克，我……」

琴羽欲言又止。在虛無中抬起的右手遲疑了一下，最後隨著難以明述的情感落至身側。

稍早因為接種而至的各種事件，在飛機上的閒聊反而因分心而沒什麼隔閡。現在，就像是我們之間的門框堵上了一道名為「歲月」的高牆。

「五年……真的很久呢。」

琴羽也跟著感嘆。「是啊，真不可置信。」

不過注意到我們尤其是紗兒臉上的黯淡與疲累，她馬上驚呼一聲並稍稍打破了沉重的氣氛。

「呃，你們兩個先進來吧，把這裡當自己家沒有問題。」

琴羽連忙抓走我手邊的行囊並邀請我們入內，我點點頭，踏過門框回到這個陌生卻熟悉的「家」。

雖說是軍事基地內，不過宿舍的氛圍與「死板」一詞相去甚遠。

床鋪的支架與房間頂樑皆是由厚實消光的原木打造，輕盈的空氣中飄盪著溫和的暖色光，倚靠在牆角的電子暖爐馬上揮去了晚冬的寒意。

就連看似是用來當作工作臺的桌椅，也都漆上了附有光澤的木紋，上頭擺滿了各類文件與戰情地圖。甚至在一側還有個擺滿茶包與即溶咖啡的小茶几。

說這是旅人專用或帶有點學院風的宿舍還比較貼切。

紗兒也微微的抬頭，讚嘆於這意外溫馨、陌生熟悉的空間。

陌生的，是這個居住環境；

熟悉的，是眼前這些夥伴。

我終於能夠久違地坐下休息，床墊發出輕柔的嘎吱聲響。紗兒雖略略遲疑，不過也隨即縮到我旁邊的位子上。

「這空間大得還真不像話。」我繼續訝異於這房間所帶來的舒適感。

琴羽面露驕傲。「對吧？陳局長當時硬是要求他們要給我們最好的居住所，千辛萬苦才拗來了這間住進十個人都沒問題的大宿舍。」

「在軍隊也能住這麼舒服啊……話說，男女混住沒問題嗎？」

「陳局長當時規劃倒是沒特別想過這問題，我們這邊會比較在意的也只有小雪吧？」

「人、人家睡覺的樣子被看到的話會很難為情嘛！」

一頭翹蓬蓬的短髮身影探出頭，用尖細的哭喊彌補自己身高的不足。

「小雪前輩呀，這幾年都看光光了，還有什麼好遮的咧？」
「呀——！變態！色狼！席奈你、你給我走開！」
小雪開始用手上的筆記本毆打身高也相當矮小的席奈，從後方出現的維特不禁又深沉地嘆了口氣。
「……要把他們兩個都吊起來嗎？」
「不、不用啦，」我乾澀地笑了笑。「看到大家都還健康，我就放心了。」
我們幾人會心一笑，連紗兒都似乎因這樣的情景而稍微打起了精神。
琴羽也找了張椅子坐下。「看來大家都到齊了呢。紗兒妳的身體狀況如何？能在聽我們多廢話一下嗎？」
「……嗯，我想應該沒問題。我可以的。」
面對琴羽的溫柔，紗兒也勉強掛上微笑並撐直身體。
「那就好。」琴羽讚賞地點點頭。「席奈，你最期待的自我介紹開始囉。」
「我來了！」
還在被追殺的席奈以肉眼無法捕捉的速度，拋下後面不知為何已經累到喘氣的小雪並滑壘到地毯上席地而坐，眼中散發著期待的光芒。
「紗兒，剛剛都沒機會認識大家，等一下要好好記得他們的名字哦。」
紗兒拍了拍臉頰試著振作。「我、我會努力的。」

我欣慰地看著心情終於暫時揮去陰霾的少女，並示意琴羽可以開始。

「那就再重新自我介紹一次。」琴羽清了清喉嚨。「歡迎來到第一指揮組這個『小家庭』，以後的生活起居有什麼問題的話，都可以來找我們不用害怕呦。我是琴羽，這個組的決議長，可以用領導人的位子來理解……」

「對了紗兒，琴羽最老哦，她現在大概二十四歲了。」

不知道是什麼毛病作祟，我就是想把這事實講出來。

「什……亞克！你也沒差多少好嗎，大家現在都二十好幾了啦！」

帶領大家的「大姊姊形象」立即崩毀，又傲又嬌地震怒反駁著。

「抱歉抱歉，我想說的是妳經驗很老道嘛，哈哈哈……」

「最好是……」琴羽感覺就很想揍我一拳，不過最後還是作罷並繼續。

「那麼旁邊這個矮個子叫席奈，是我們的戰應員，也是近身戰的好手。」

「呀吼~請多指教，紗兒妹妹！」

「嗯，請、請多指教。」

「然後那個戴眼鏡的傢伙叫維特，是局裡首屈一指的分析官。」

維特哼了一聲並推起眼鏡，不過姑且還是友善地朝紗兒點了點頭。

「再來這位是小雪，跟維特一樣也是分析官。」

「小雪……前輩？妳好。」紗兒持續消化著這些資訊。

「哇！她、她叫我前輩了，好害羞……」

「妳作為前輩比人家還害羞怎麼回事啊。」

「咿——！維特又再凶我了嗚嗚……」

「我哪有啊！」

維特終於維持不住冷淡的表象而暴躁起來，室內頓時又變得鬧哄哄的，就連席奈也幫腔了起來。

我靠近紗兒耳邊悄聲補充。「小雪她的計算能力很強，在ＳＣＲＡ局內有著『活的量子電腦』的稱呼哦。」

「活的……量子電腦？」

紗兒咀嚼著自己沒聽過的名詞，此時琴羽也看不下去，出聲大吼：

「別再鬧了！你們幼稚園嗎？人家新來的都還沒自我介紹呢！」

打鬧的眾音嘎然而止，所以人都迅速回到了自己的座位正坐。

「好厲害……好帥氣！」紗兒看起來深深地感到佩服。

（這是你該注意的重點嗎，小姐。）

我默默吐槽，不過也輕輕拍了拍紗兒的背，要她試著向大家介紹自己。

紗兒左顧右盼這些對她來說陌生的面孔，內心果然還是有些害羞。

「我……我的名字叫紗兒。就是，唔，紗兒。」

她雙手手指在胸前繞來繞去，不知該多說些什麼。

「好可愛呀——啊！」

首先動起來的席奈大概是想直撲向前跟紗兒握手，但這次換我直間按住了席奈的臉頰避免他繼續接近已經嚇得退兩步的紗兒。

「適—可—而—止——」

「波、波歉，阿克大溝……」

我「溫柔」地單手把口齒不清的席奈推回去，坐他後面木椅上的維特也非常有默契地直接給他頭頂來一記手刀。

琴羽不知道第幾度地對於組員們的行為感到尷尬與抱歉。

「嘛……反正就是這樣。能看到你們平安回歸，我們都很高興。還有再次歡迎妳，紗兒。」

琴羽蹲了下來並做出邀請的動作。「歡迎來到第一指揮組。」

紗兒雖猶疑了一會，不過也伸出細細抖動的手回應。

「謝謝。」

可能是，終於有了個不用天天擔心外面有無人機徘徊的的居所。

又或是，終於在長途跋涉後可以好好休息。

又或者，終於有了個，安穩的「家」。

紗兒在道謝的同時，露出了自來到日本後最大的笑容，將房間舊有的木橙色染上一層新的暖意。

然後，就好像小小的身軀獲得解放，紗兒倏然倒向我的右肩，已經累壞的心神使她突然間失去了意識。

而她眼角，泛著晶瑩的淚光。

「喂，紗兒她沒事吧！」

「紗兒小姐！」

琴羽和小雪見狀，馬上擔心起了紗兒的身體狀況。我扶著讓紗兒慢慢躺下，她小小的胸口緩緩起伏。看來只是睡著了。

「她沒事，應該就是有點太累了吧。」

席奈吐了口氣。「嚇死我了～」

琴羽雖說依舊擔憂，不過還是冷靜地站起身跟我說道：「等等我再帶她去好好梳洗然後睡一下吧。亞克你自己也該休息一會。」

「嗯，謝謝。」

琴羽正準備離開處理別的事情，不過我又叫住了她。「琴羽……！」

「嗯？」她轉了過頭。

我有些不好意思地開口：

「能再次和你們重逢，我……真的很高興。」

聽到我這句話的琴羽，也只用不需多加言語的笑容回應。

「去好好休息吧。」

琴羽拋下「我先準備紗兒的盥洗用具」後便跟小雪往房間深處走去。席奈也被命令先去整理床鋪了。留下我和維特兩人靜悄悄的對坐著。

「……」

「……」

「你還記得『大災變』的那天，你說你要請我吃日式料理的事嗎？」

「那時候都快死了誰會記那種小事啦！……我記得。」

我不甘情願地承認。

「沒有要你真的請客啦，真的是……現在難得到日本了，如果哪天沒有訓練也沒有行動安排，我們幾個一起去附近吃一吃吧。我知道幾間不錯的。」

通常都沒什麼表情的維特也不好意思的搔了搔頭。

「那看來你這幾年應該把河口湖邊的餐廳都吃遍了。」

「沒那麼誇張好嗎……」

我們不約而同地笑著，感覺就像是平凡的閒話家常。

卸下了重擔的言語，如冬日的暖陽，融化了「老友」的「陌生」。

「總之，歡迎回來，老夥計。」

「嗯，謝謝。」

我和維特的拳頭相碰。五年不見的友誼，此刻再度重新連上了軌道。

「對了。剛剛陳局長跟你們說了些什麼？我看你帶來的女孩……紗兒的的樣子好像不只是疲憊而已啊。」

維特難得關心起別人的狀況。不過，我也就是稍稍低下了頭，雲淡風輕地笑著回答他。

「沒什麼大事。就只是……資訊量有點大，紗兒他一下子應付不過來吧。」

憑她那小小的身體，絕不是能輕易接受的。

——稍早在那昏暗的辦公室，閃爍著的，是不安與困惑。

少女心中的某一部分，恐怕已經因自我的猜疑而崩塌。

紗兒，是個「人造人」。

【間章】　幻憶之羽

『非戰鬥人員請盡速迴避至J3-1區，重複一次，請所有非戰鬥……』

「第二、三組幹員，退守到辦公室後方！」

「大隊長，它們數量太多了！」

「別怕！一邊後退一邊給我把子彈塞進它們的弱點裡！」

『報告，我們這裡壓制不──嘎啊啊！』通訊另一端傳來慘叫。

「第六組？第六組，聽到請回答！」

『沙沙……沙……』

「可惡！」

琴羽往牆壁重重一捶，然而數顆飛過的流彈使她逼不得立刻縮回左手並蹲低尋求掩蔽。

「到底為什麼這些無人機都衝著總部過來……」

距離突如其來的戰鬥爆發已經過去半小時、亞克也已將近十分鐘杳無音訊。但是現在，琴羽連擔心他人的空閒都沒有。

平時愛用的重型狙擊槍在這混亂的狹窄室內不管用，琴羽只能以自己的經驗與身邊唯一的標配手槍盡力求存。

她再次接上另一條通路，對著通訊器呼叫：

「維特，你們那邊情況如何？」

『滋……滋滋……』

連內線通訊也被無人機的電磁攻擊干擾，不過隨即傳來了同伴的聲音。

『……姑且還撐得住，席奈已經衝去前線了，但是陳局長腿部重傷，我不覺得我們兩個不擅長拿槍的分析官能撐多久。』

「收到，我這邊恐怕也快撐不住了……」

琴羽得不出什麼正面的答覆，於此同時一架「獵犬型」跳過走廊欄杆的邊緣迅速撲來。她翻身躲過無腦的直線衝鋒，以精準的動作抓住無人機的機械足一口氣甩到牆上。

在這體型尖小的無人機還來得及反擊前，就朝它頭部灌進一發致命的子彈將其變成一塊廢鐵。她把落地的無聲機械踢到一旁，因連續的激戰喘氣。

「呼……呼……真是有夠累人。」

她還是無法理解，明明曾經禁止美軍在ＳＣＲＡ總部周邊部署軍用ＡＩ無人機，為什麼那些在大街上遊蕩的死鐵塊會特地執著於這棟大樓？

就當她還在邊應戰邊絞盡腦汁時，腳下的建築倏然劇烈搖晃。

應該說，原本就因接二連三的ＡＩ無人機湧進而不斷震動的大樓戰場，產生了比大地震還要明顯的極大幅搖動。

更古怪的是，無人機的進攻停止了。

「發生了什麼？」

琴羽從欄杆的邊隙往挑高的大廳探頭，剛才那些無人機歇斯底里的嚎叫與戰鬥人員的開火聲，全都歸於虛無。所有人似乎都對這離奇的現象感到不解。

總部大樓停止了搖晃。

視線所及的ＡＩ無人機，似乎都在等待著什麼。

就在這異常寧靜的空氣中，琴羽耳邊的通訊再次響起。

『琴羽。』

「陳局長！您的腿傷沒事吧？」

『這不重要。現在即刻命令全員，啟動《殼體協議》。』

「殼——!?真的要執行嗎？」

此時，琴羽眼角瞥見了一樓大廳，有幾個蠢蠢欲動的身影。這次換公共的通訊頻道傳來了聯絡：

『大隊長，敵對無人機目前都停止動作，我們要衝了！』

「等等，在原地待命——」

『第四組的，上啊！把它們轟成蜂窩！』
身在平面層與大量無人機對峙著的武裝小組喊著口號衝出掩體，朝動也不動的AI無人機群發起衝鋒。
正當想再出言制止時，陳局長再次強言命令：
『琴羽，立刻啟動《殼體協議》！』
琴羽咬緊了牙，但還是立刻切換到公用廣播以現場最高指揮的權限下達：
「SCRA全局注意！即刻放棄災變號第0086應對條例內容，並且啟動《殼體協議》！所有總部內人員請在五分鐘內全速向外撤退！」
聽到這樣的命令，頻道內無論任何幹員都不禁驚呼了一聲。
「我們……要棄守總部大樓了。以上。」
無論總部內外，全是已經失去控制的殘虐機械橫行霸道。如果室外沒有掩體遮蔽或及時的陸空撤離隊列待命，那要所有幹員們現在冒著命到外逃難，簡直跟叫他們去死沒什麼兩樣。
但眼下大樓內部的空間，恐怕更加危險。
琴羽完成通報命令，再度回頭查看樓下小組的狀況。幾名幹員的奮勇衝鋒意外地還真的幹掉了幾架停擺的無人機，並且順從地在接到全體命令後開始後撤。

琴羽也指揮身旁其他小組準備一同往屋頂撤去。至少那裡可以通知特災局附屬的直升機、甚至請求國軍接應撤離行動。

於此同時，這棟高聳大樓的所有門窗，一個接一個被蹦然落下的鋼板給遮斷，總部的自動防禦系統正在將這個空間變成徹底的「囚籠」。

通用入口出不去、也進不來。只有人們持續往還開放的頂樓與分棟撤退。

但就像是要打斷這短暫且虛偽的和平。

大樓，再次激烈震動。

而一個不穩攀倒至欄杆上的琴羽，看見了比戰場還要更「深層」的地獄。

大廳中央的地板龜裂、炸開，從中竄出了幽閃著深紫光點的黑色機械流，一瞬間吞噬了那個上一秒還在撤離中的第四組。原本停擺的無人機也再次復甦，朝來不及退避的人群殺去。

觸手般的機械湧流，如枝葉、如捲浪，一寸寸爬滿了室內的牆壁。

黑潮般的無人殺意，像猛獸、像蟻群，一步步蠶食著僅存的生命。

而琴羽彷彿聽到了，那個在地底深處長鳴的「未知」。

她不敢相信現在所看到的一切。

「大隊長！您還在做什麼，要撤退了！」

某位幹員奮力的拉起琴羽，這才使她回神並重新帶領其他人向上撤退。

「全員跟著我的指示！往樓上停機坪移動，快點，快點！」

琴羽帶領著剩下的組員，在不斷搖晃的空間中把握生機。通訊中，維特等人也已經帶著負傷的陳局長準備撤離，留下依然殘暴的ＡＩ無人機群四處亂竄。

在越過辦公室的屏障前，琴羽突然匆匆折返，不顧其他幹員的警告撞進因為隔板被拆下來當掩體而顯得破敗的第一指揮組戰情室。

在那邊，琴羽留下了一張紙條，並在桌上貼平。

她連為何而寫、到底在寫什麼，自己也不清楚。

她再次返回開闊的走廊向下一望。無人機群和來源不明的巨大機械觸手還搆不著她所在的樓層高度，只要在剩下幾分鐘內成功撤離，她就很安全。

然而，琴羽大概一輩子都忘不了當她向下看時，那幅恐怖的景象。

那就像是，在與無盡的深淵對視。

††

『啪』一聲極大力的的重擊，幾乎要把辦公桌的玻璃給震碎。

「為什麼我們不現在立刻去執行搜救？」

距離ＳＣＲＡ從臺灣全面撤退到日本的臨時基地也才不過數天，無論是軍官的缺失還是難民的不斷湧入，都使這座方才向公眾開放的高科技都市如臨大敵。

然而琴羽顧不得外頭的慌亂，直接帶著威壓衝進了陳局長的辦公室。

陳局長頂住她的怒意並嘆了口氣。「琴羽，冷靜點。」

「都過幾天了，難道我們還要繼續等下去嗎？？」

「這不是妳能決定的事情。」

「亞克也許還在外面！！在這樣下去會一天比一天還……」

「妳給我冷靜點，琴羽決議官！」

陳局長以更加怒不可遏的音量蓋過琴羽，甚至差點想起身大罵。但是，她那前幾天才失去重量的雙腳不允許她這麼做。

琴羽見到這副模樣，也就收起了一時的脾氣。

「唉……」陳局長揉了揉眉間。「我能理解妳的想法，也相信亞克不會就如此陣亡。」

「那我們就更因該趁災情還沒完全擴大前……」

「但是——」

陳局長再次打斷琴羽的話。

「臺灣**現在**的情況，我們不知道、也無法知道。就連在僅僅一公里的結界外的土地占領狀況，我們都無法掌握了，更別提還要分出人手回國救援。」

門外是士兵們互相叫喊下令，門內是令人窒息的「事實」。

「妳很擔心亞克。我知道。我也不願見到部下就這樣消失，但是我們現階段沒有能力，妳要認清這一點，琴羽。」

陳局長銳利的凝視，表達出不容退讓的堅硬態度。

「我……」琴羽雙手捏起拳頭。

我想救他。

琴羽內心深切的盼望。然而，她卻說不出口。

無論是這三年共事以來、還是在災難的前一刻，抑或是此時此刻……

她都說不出口。

陳局長並沒有回應琴羽焦燥的心情，只是自顧自地說明：

「我們總有一天會回去，但不是現在。如果都瞭解了就回自己的崗位。」

從不在話語中容許任何猜疑空間的特災局局長，一聲令下後就轉過頭，推著輪椅離開辦公桌。

這是已經決定好的事情──陳局長大概希望琴羽就此放棄。

「請等一下。」

琴羽揚起頭，雙拳握得更緊。

「那您總可以告訴我……在總部地下的**『那個』**是什麼吧。」

椅輪停止轉動。

「妳是哪時候發現的？」陳局長沒有回頭。

「那麼大的東西想不看到也難吧。」

那片包覆了整個空間的黑色湧流、那個吞噬了整個SCRA總部的機械怪臂。還有……深淵底部傳來的女性異音。

琴羽再次質問：「您……SCRA究竟隱瞞著什麼？」

那是連她自己都感到不可思議的問題。

「妳想知道什麼？」

「真相。」她毫不猶豫。「為何無人機會盯上我們？它們想找到什麼？」

此時彷彿世界停止，外頭的喧囂聲也變得模糊。雙方既沒有移動、也無人開口說話。

不知道多久過後，陳局長終於慢慢把輪椅轉回正面。

兩人就這樣不懷恨意的瞪視著彼此。

「我們有一個對世人隱匿的研究專案。代號名為『希萊絲計畫』。」

昏暗的辦公室中，暖氣機安分的運轉著。琴羽滴著汗，在陳局長一字一句令人難以置信的言論下，並無更多的理解，反是更深層的驚懼與疑惑。

琴羽從不知道，這個「希萊絲計畫」原來藏著如此不可告人的祕密。

更甚者——

「在計畫中進行……人體實驗？」

「都到了這地步，我並不想再隱瞞什麼。」

「所以這個計劃不但一直藏著這天大的祕密、藏著世界上ＡＩ系統的原型，甚至為了『更徹底的研究』而進行複製人實驗!?」

「精確一點來說，我們是『分化』了希萊絲原本就具有的兩種人格。一個是『混沌』的人格、一個是被轉移到人類女孩上的『守序』人格。不這麼做，這個ＡＩ研究結果會產生很大的誤差、更會因此導致系統在建構之初迅速崩毀。」

「『古老的』ＡＩ還保有有人格這種事……」

事到如今，琴羽也懶得譴責蔑視人道等云云之詞。

「希萊絲本來就不是我們這個時代的產物。她還有太多現代科學無法解釋的謎團存在。尤其當我們進行一次又一次的實驗之後，『她』，似乎成長為了更加強大的『科幻』產物。」

琴羽此時高速攪動著自己的邏輯神經，總算勉強能接受方才過量的情報。

「讓我整理一下……您說在事發前一天，局內的研究主席戴著計畫研究成果潛逃美國，弱化了總部地下室的希萊絲本體、並因此造成了史無前例的災變；而我在撤退當下看到的那一大團黑色奈米機械，是希萊絲就算遭到弱化但依然覺醒的徵兆；至於第三個，那個同樣持有『異能』的複製人……」

「逃走了。或是說我在前一刻故意把她放出去了。」

陳局長直率言道，已不打算遮攔。

「放出去?為什麼?」

這個令琴羽無法理解的行為，也讓陳局長首度換上了無奈與慚愧之情。

「不知道呢……」面前的局長露出極少有的脆弱感嘆著。

「也許是我早已消去無蹤的良知告訴我這麼做的吧。」

這句話出來的剎那，琴羽也就放棄追問。她知道陳局長是個果斷的人、是個會下達無情命令的領導者。

但在她底下效命多年，還是頭一次從她口中聽到這樣溫柔卻刺人的話語。

（每個人，都有不為人知的另一面，嗎……）

正當琴羽才這麼想的同時，陳局長馬上回復了平時的冷酷果決。

「總之，目前能告訴妳的，通通都講了。至於剩下的問題以及作戰大方針，可以日後再細談。」

聽完了這麼一席話，琴羽亦姑且不再多猜多疑。

「是。那作戰方針除了先以日本本地為優先外，還有什麼要注意的嗎？」
「剛剛說過了吧。總有一天我們會回去救援亞克。如果他還活著的話。」
「是嗎……」雖然沒有保證，不過琴羽還是暫時寬下了心。
「另外一點，如果我們夠幸運，有機會一齊把那個逃走的人造人跟亞克或任何其他救到的人一起帶回來。」
「您覺得，那種不成熟的ＡＩ能在那麼殘酷的世界中活下來嗎？」
「第一，要更正她並非完全的人工智慧，只是把ＡＩ人格與部分機能轉移到正常人類身上並進行素體改造；第二，我想她活得下來。**如果有人出手相助。**」
陳局長雙掌相貼，靜靜地冷哼：「這只是憑直覺的推測。」
「好吧……」琴羽覺得也差不多該結束這場談話了。「那最後一個沒問的問題。那個ＡＩ……那個孩子，她有名字嗎？」
「有。是個她自己理論上也深刻烙在人格內的名稱。」
一陣無聲的停頓後，陳局長道出了一個十分樸實的名字。
「——紗兒。」

【第三章】 心河

來到河口湖、落足於這日本的隱蔽「鄉間」，已經過了第四天。

不過我只被自己准許僅僅一天的休養，一刻也沒得閒著。

紗兒可能真的是太累了，這幾天都在分組宿舍由琴羽照顧。畢竟小小的身軀要一下子承受如此重量的「現實」，任誰都難免挺不住。

尤其現在，她知道了「自己」的真相。

雖說一下資接收太多資訊，腦袋就像是煮沸的滾水般爆跳混亂，不過我姑且還是在短暫的歇息後就代替紗兒做了入城登記手續、檢查裝備狀況與日用品、訓練排表等工作。

走在少了外頭微冷寒風輕拂的封閉廊道，我停於一扇閉合的金屬艙門前，將手掌貼上掃描器。「叮鈴」的悅耳音效後，充斥著純白與前衛感的實驗室於身前展開，撲鼻而來的是乾淨無味的消菌空氣和——

「哎呀，你—來—啦——」

——笑臉迎人的**殺氣**。

「呃——！白、白石陸佐，妳早啊。」

身著實驗袍的白石櫻，並不打算回應我的親切招呼，而是帶著異於常人的的危險氣場逼問我這個才剛認識不過幾天的「新進菜鳥」：

「亞克先生，可以告訴我，你平常都怎・麼・保・養・裝・備的嗎？」

「呃，這個嘛……就每兩週擦一次隨身武器，每個月洗一次外套……」

「每・個・月？」

「畢、畢竟在災難後發電站和供水系統都停擺了嘛，得節省一點……」

「然後就害裝備劣化了是・嗎？」

這短短的對話中，白石櫻從沒有露出過憤怒或討厭的表情。不過那副掛著的沉穩笑靨卻比任何神情都還可怕百倍。

我從不知道原來做個裝備檢查也可以召喚惡魔。

「亞克先生，還有什麼要狡辯的，嗎？」

「不好意思白石陸佐我全明白了是的完全瞭解了不會再狡辯的。」

白石櫻像是讚許般點了點頭，溫和的笑容中藏著足以致命的毒刃。

「那就好。另外叫我白石就可以了，軍銜不需要的。」

在第一天我與紗兒、陳局長以及面前這位依舊神祕的櫻髮少女的密談後不久，我就奉命將身上的戰鬥武具與配件繳交到這個「實驗室」，以做耐久度的檢查和必要的更新。

當時，白石櫻僅是瞟了一眼就斷然表示我和紗兒的裝備皆已過時，大概需要完全換新。

而在這數天的檢測後，迎來的就是這無法辯駁的結果。

在五年前還堪稱「先進」的防彈外衣斗篷、電子干擾榴彈、換膛快速的步槍，似乎到了這座基地後全成了落於人後的古遺物。尤其在久經磨損後更是如此。

而很在意這些戰鬥裝備可靠性的她，也因此對我露出了非常「自然」的和藹微笑。

我不禁打了個寒顫。「瞭、瞭解了，白石小姐。」

「說到底，你們能在那種地方靠這些破爛撐這麼久，不如說，是奇蹟了吧。」

白石櫻卸下了面容並嘆了口氣。我也只能拙劣地乾笑回應。

短暫的空檔，我環顧了一下這格局寬敞的實驗室。

「研發控制中心」，我所站立的空間主要分成了三個區塊。一個是數張大長桌並排的整齊區域，上頭不同種類的槍械、榴彈、刀刃武器零件散落擺放，有些甚至是我所沒見過的新式武器。

長桌群的對面則是方格規劃的空地，用來放置較為大型的「實驗對象」。據我所知像是電子結界或載具引擎的實驗就是在此著手。

我轉身環視，身後擺放著無數的螢幕和全息虛像投影，應該就是研發人員用來測驗和監視研發品數值、機能的操控臺了。平時也應當是不斷進行者各種不同的實驗。

不過今天這裡只有白石櫻獨自一人。

「呃，那麼白石小姐，妳今天把我叫過來應該不是只為了……讓我在這些裝備被丟進垃圾桶前緬懷它們吧？」

眼見她正以某個不知名棍狀零件敲打著我的「老伙伴們」，讓我心臟莫名感到不適。

「當然不是。」

白石櫻邊折磨著我的舊裝備邊回道。「是要你來確認新裝備的。過來吧。」

她招了招手，示意我過去她所在的其中一個長桌前。剛才距離較遠所以沒注意，靠近一看才發現這張桌子上的研發品都相當新穎，具有近未來的科技感。

卻又意外地保留著我們以前那些舊衣與破銅爛鐵的影子。

「這些是……？」

「最新研發的武器和，隨身裝備哦。特別根據你們的使用習慣，做了些『小調整』。」

整個長桌由無數格光板晶片鋪成，沒有木製的厚實感或金屬的光澤，但卻散發著淡淡的淺藍光輝，映照著我們兩人的臉龐。

其上的各式武具大多以深沉的灰黑上色，白石櫻輕觸一把靜躺於光板上的槍枝，藍白輝光閃過的「光屏桌」立即以該槍枝為中心畫圓，亮出了研發品的名稱與各項數據。

「我想你們這幾年，應該也是慣用了這些裝備的手感。所以連名字都是沿用的哦。」

「那還真是多謝了。」

「不喜歡？」

白石櫻意外銳利與快速的回話讓我楞了一下，不過顯然並沒有惡意。

「不，能用習慣的用語稱呼這些裝備我覺得也挺不錯的，請繼續吧。」

「好的。另外真的不需要這麼拘謹，我們可以當朋友的。」

從我來到這座城市之後，白石櫻就一直強調不需如此讓禮式的往來。不過畢竟，我是在面對一個美貌與才智俱全的女性啊，要說會不緊張或一下子就能親近才怪。

何況還是個外貌不過十八歲的日本美少女。

「我三十一歲囉。」

「噗——哈？？」

正當我還在發愁時，白石櫻彷彿讀透了我的心思，突然說出爆炸性的發言。

「白石小姐妳已經……三十一歲!?」

「看不出來吧？」白石櫻自信一笑

「確實，光憑外表看的話，該怎麼說呢……論氣質是很小巧可愛的吧。」

我還來不及意識到自己說的話有些僭越，白石櫻微微睜大了眼，不過又馬上隨著春櫻般的笑意闔上黃瞳。

我似乎，在一瞬間瞄見了她眼中深處的過去。

「啊抱歉，我好像說了什麼……」

「沒事。只是想起了一些，以前在臺灣的事情。」

在臺灣……

白石小姐輕搖了頭，隨即什麼都沒發生過似的換回令人猜不透的溫和容顏。

「先來講講武器吧，你靠到我這邊來。」

「哦，好。」

我繞過桌子走近白石櫻身旁，只見她徒手操控浮空的虛擬鍵盤，將眼前這把與我過往愛槍G36造型十分相像的突擊步槍的全息影像與槍枝實體重疊，我定睛一望顯示的數據，發現無論在射速、穿透力、材料固性方面，都絕非用了五年的那把愛槍所能匹敵。

白石櫻退開一步。「你拿起來看看吧。」

我點點頭，將突擊步槍的實體拉出微微晃動的全息投影。做了消光處理的金屬武器反射著黑光，簡化的稜角與圓滑拋面讓她褪下了以前的那種醜陋兵器感。

「型號名『G36S－改』，子彈初速可達每秒一千四百公尺以上，口徑一樣，但使用了更方便換彈的，整合式彈匣。同時安裝了後座穩固系統和快瞄，體積略大但更為輕盈。射速也提升到了，一般衝鋒槍許可的平均等級。同時可裝配多種子彈，另外也附上了應該是你最愛的，下掛式榴彈發射器。這後座力你應該，應付得來吧？」

我踮了踮重量，俐落地拔下彈匣、裝回，拉上槍機後緊靠於肩出槍試瞄。畢竟是幾天前才做過的動作，不可能不熟練。只是手感有著微妙的差距罷了。

「我想是沒有問題。」

先不提那病態的子彈初速還有對一個快達輕機槍標準的突擊步槍來說，不該有的輕盈質感。整體而言，是一把拿起來十分合手的好武器。

「說起來，在原本的『G36』這名稱後加個『S』和『改』字，有什麼由來嗎？」

「感覺比較帥吧，我猜。」

比較帥……？

我不免感到無言，但白石櫻也就一副「又不是我命名的」如此隨興的表情翹了翹眉毛。

「對了，子彈的話，現在我給這邊戰鬥部隊一律採用的，是鏢彈和高爆甲彈。而給你的榴彈發射器，也有低壓脈衝爆破彈，和破片霰射式榴彈可以選擇。」

「這全都是妳們自己研發的？」

「很敏銳。是的。」

我若有所思的點頭，同時輕輕放下手中G36S改，仔細瞧了瞧其他的常規配件與手槍等武器。

如果可以熟悉這些武器的話，說不定以後在與無人機的戰局中……可以有更多的優勢也說不定。就算是作為一名脆弱的人類。

白石櫻也慢慢靜待我自己瀏覽完這些新品後，才再次開口說明。

「你剛剛看的這些，基本上都是以前的升級版本。理應是毋須擔心不習慣的問題。」

她突然小小的「啊……」了一聲，隨即又繼續補充：

「不過有些東西，還是有作『小小的』改造的。」她偷笑了一聲。「譬如這件衣裝。」

從掛滿平整服飾的鐵架上，白石櫻取下一件**明顯是嬌小女性用衣服的**黑色戰鬥服並自豪的在我眼前攤開。

「呃……白石小姐，這衣服的樣子是……」

「紗兒用的戰鬥服呦。」她理直氣壯回應。

「不，這我當然看得出來。但這剪裁該怎麼說，嗯，是『時裝』了吧？」

和紗兒原本穿慣了的衣服看上去別無二致，但在肩口的細節做了特別處理，一路鏤空到了上手臂。

「就是說，這會露出肩膀吧。」我直白道出感想。

「是啊？」

「對戰鬥來說，沒什麼特別用處吧。」

「確實。」她歪頭抖了抖手中的黑衣。

「那怎麼改了這樣的設計？」

「因為，可愛啊，大概。」

「可愛嗎……」

「配上本人很好看唷。」

「好吧。」

然後我竟然就這樣坦然接受了嗎，太不爭氣了吧。

惡趣味的陸佐似乎挺享受這有點胡鬧的介紹過程，開夠了玩笑後才放下那件給紗兒穿的「傑出之作」，從一旁的收納櫃中，抽出兩個以黑布袋綁束著的玩意兒。對她說好像是有些重量，我連忙想過去幫忙，不過她又不費吹灰之力似的一口氣搬上光屏桌。

「真的獲得比較多改造的，是你和紗兒小姐的這兩把。」

我拾起其中一個布袋，裡頭的長型物體傳來沉甸甸的手感。

「這是……」

「你們在開槍打打殺殺的時候，好像也有，使用冷兵器的癖好嘛。」

我褪下布袋的束口，一根筆直而重量均勻的細緻棍刀曝於實驗室的冷空氣之下。

卸下刀鞘，泛著亮銀色澤的細刃流洩凶光。我摸了摸外層，確實跟以前的那把有幾分相似，不過也一樣有著說不上來的差異。

「它是以你以前的棍刀為原型打造，除了劍刃部分更銳利抗打，還多了彈射……」

我不小心按下棍身側邊的一個小按鈕，突如其來的後座力使棍刀差點脫手，前頭的刃部連帶半個棍身，以凶猛的力道筆直射出後『鏘』的撞進我們頭頂的天花板並插在上面。

「……我想下次你使用前，先讀一讀說明書比較好。」

「我、我會記得的。」

我心驚膽顫的放下不小心暴走的冷兵器，轉頭詢問另一個布袋中的內容物。

「白石小姐，妳剛剛說有兩把，那這就是紗兒的那把刀了嗎？」

「是。SCRA以前研發的，那把供紗兒小姐使用的『電光刃』，就設計上來說確實出色。不過電熱轉換率不太好，很容易過熱，再加上，切斷能力也還能更進一步加強。」

白石櫻親手將扁方形的「刀鞘」拉出布袋，順手啟動按鈕將刀刃全展開。儼然一把具高科技未來質感的武士刀，散發出獨特的存在感。

從她手中接過這把鋒利而致命的武器，我欣賞著刀刃那流線型的美。

「而且考慮到紗兒小姐的體能，它可以根據使用者的揮砍方式，調整重心。」

「這……實在是太棒了。」

不知為何，比起自己的武器，手上正握著的這把黑青色長刀，反而使我更加興奮。

畢竟比起擔心自己，這幾年以來，我在不知不覺之中，更容易擔心紗兒的安危和她生活上、戰鬥上是否都能得心應手。

因此拿著這柄更加強大、更加順手的武器，我倍感安心。

而我並沒有察覺到此時的白石櫻已經十分接近我身前。

直到我在仔細觀察刀刃可以通電的凹槽時，由縫隙看到了那雙皎潔的黃瞳。

白石櫻傾下身，歪著頭輕柔一笑，用撩人的姿勢對著我說：

「喜歡上了嗎？」

面對突來的魅惑，我一時間實在不知該如何回答，直到白石櫻實在忍不住而發出了銀鈴般的笑聲，我才恍然大悟我被她捉弄於手掌心了。

「抱歉抱歉，突然想玩你一下，我是想問說紗兒小姐，會不會喜歡這柄武器的。」

（原來這女的其實還挺皮的嗎……）

我無可奈何地接下這份恥辱，看來以後要多注意跟她的相處了。

「那還有其他的東西是我可以看看的嗎？雖然能有這些新裝備我就很感謝了。」

白石櫻聽見我的話後想了一會兒，並默默收起了笑容。

「還有，只不過……」

她看似正在猶豫著什麼，不過還是果斷地走向藥品架並戴上防護手套，從其中某個架子抽起一管試劑，液態氮氣隨著架子開啟滿溢而出。

白石櫻雙手捧著那管小小的試劑走了回來，在試管中搖晃的，是一種淡藍色的晶透液體。然而並非對於化學或藥劑知識一知半解的我所能猜出的東西。

「簡單來說，這是身體強化劑。能全面活化身體細胞，並增強肌肉、動態視覺、身體與大腦的協調精準度。是一種極度強烈、高爆發性的針劑。」

「不過妳似乎不是很希望我們使用它？」

「是的。」白石櫻難得面露憂心。「因為它的副作用太過於強烈。就跟提神飲料的原理類似，只不過，效果是那些東西的無數倍。」

「無數倍是指？」

「十分鐘的效力，會折損一般人，十年的壽命。」

「——！」

白石櫻嘆了口氣，應該也是預料到了我的驚訝。

「是的，它是個『非必要絕對禁止使用』的針劑。尤其是對你來說，**亞克**。」

「對我來說……是什麼意思？」

白石櫻走回藥品架將那幽藍色的試管放回原位，一邊回應我的問題。

「你和紗兒小姐的體質，或是說，**我們**的體質，承受的副作用又比一般人，要更加更加劇烈。因為身體細胞原本的活力就極強、也更為長命，所以我們可以活得比一般人久。然而，同時也代表，當我們使用這種強力針劑，激化細胞活性時，作用力會是他人的數倍，乃至，數十倍。所以我一開始其實是不特別想跟你提的。」

說起來當時她在解釋我與紗兒的「異能」時，曾解釋了許多超脫常識範圍的東西。而如果我沒猜錯，白石櫻自己，也是一位持有「異能」的人類。

「白石櫻小姐。」

「是的。」被我叫喚名字的年輕女性言簡答覆。

「關於『異能』的事情，還有我的身世背景……『過去』那個不為人知的歷史，是否可以詳細跟我說說呢？」

我以誠摯的眼神盯進那依舊深不可測的金黃色眼眸，感覺也被對方銳氣地回看進入了我赤紅色的雙眼。

實驗白袍的衣角飄盪，落於身前的櫻白色長髮被撩到肩後。她又微微一笑。

「我們去外面邊走邊談吧。」

††

冷風依舊，災後末日的孤寒並沒有放過讓大自然重新占領世界的機會。不過在街道旁交錯豎立著的大樓、矮房，卻又令人不得不承認人類依舊存在。

這個季節，不會有滿開的櫻花、亦沒有盛茂的綠林。僅有少了樹葉蔽體的枯枝隨風孤孤搖曳，還有被鏟至道路兩旁的白雪閃閃發光。

遠方的富士山，靜默地護著她腳下這新舊矛盾的文明城鎮。

「這景色，真是百看不膩。」

「白石小姐妳很喜歡這個地方呢。」

「畢竟災變發生前，就在這住下了。」

白石櫻輕拂著被冬風吹散的辮髮，眼睛持續朝著沒有結冰的湖面遠望。

「可惜亞克先生，挑在這個時節來，如果是春或夏的話，景色更美的。」

富士山周邊曾因一年四季都有不同的景致而吸引大量觀光客，以前是這麼聽說的。多數人類從地球上消失的現在，應該會愈來愈有大自然的蓬勃美才是。

「春天，也快到了吧。」

我不經意地有感而發，白石櫻也並未否定這樣虛幻的願望。

「希望如此，呢。」

我所嚮往的，是四季意義上的春天，還是現在這個世界遙遠的春臨呢？

這是我自己也不清楚的難題。

我與身高差了我一截、不比紗兒高多少的白石櫻並肩走在湖畔邊的小徑。不過彼此其實都還不是很瞭解對方，黑與白的兩色外袍隔了一段微妙的距離。

盤踞河口湖正中的巨大瀑布，將水流轟進我們這個水平面未能視及的地底都市。也許在哪處運作著的水循環，會將流水再度送回這片「湖瀑」之上吧。

遠方的模糊轟鳴中，白石櫻轉頭正視我。

「前幾天，應該只和你們提起了，希萊絲計畫的大要對吧？」

「是的。」我接續白石櫻開啟的話題。

「那我們就邊走，邊說說以前的故事吧。」

「是妳之前口中所謂『異能』的歷史嗎？」

「嗯。啊，如果你覺得這歷史課太無趣，歡迎從這邊跳下去游泳，哦。」

這鬼氣溫要我進湖游泳是尋死嗎？

無視我內心的悲喊，以及外界其實接近零下的溫度，白石櫻向天際遙望。

「千年以前。我指的是西元前，更久、更久以前的千年。那是一個沒有被任何歷史，記述的故事。就連我聽聞的，也僅是白石家代代流傳的『神話』。」

宛如惆悵、又宛如惜別，她娓娓道來：

「──千年以前，曾有一個繁榮的世界。而後，那個世界永遠地滅絕了。」

日後再度回想起這個神奇的故事時，我總是隱不住心臟劇烈的刺痛。

白石櫻表示，人類真正的歷史紀年，並非來自西洋信仰中的耶穌或其他怪談。而是更久遠以前，曾存在一個發展程度能夠與西元後歷史並駕齊驅的古代世界。

或是，至少，比歷史認知上的「中世紀」黑暗時代還要先進得多。

曾幾何時，亞洲大陸的板塊還未分離如今；

通常四季如春的副熱帶，當時長年被積雪覆蓋。

不過假使撇除那個時代缺乏「近代槍械」與「電機工程」的技術概念，則是一個對現代來說，充滿著「奇幻」色彩的高度文明。

那是個無比繁榮的世界。但同時，也充滿更多的紛亂爭鬥。

因為**「異能」**的存在。

在那個時代，人類分裂成了兩大互不相容的族群：能夠控制任何一種或複數的「物件」、「動物之靈」，甚至「現象」的人類，被通稱為「控靈使」或「制象者」；無法使用「異能」、靠著純粹的工業能力攀至與異能使用者對等地位的人類，被戲稱為「無」。

原本兩族之間尚能維持緊繃的「和平」，但愈裂愈深的隔閡，不斷地撕裂著趨於混亂的世界。

仇恨、歧視、將彼此視為「怪物」。

和平破裂後，異能者與「無」之間的爭戰，從未停歇。

就算在不同的派系中，依然有試圖和解並尋求共存法則的有志之士。然而這樣太過於奢侈的願望，終究還是被淹沒於燎原的星火之中。

「無」嫉妒著異能者的強大，將他們視為染病的怪物；

異能者則不解於「無」的憤怒，只好同等將他們看做次等的人類。

而就像是要將魔女送上火刑臺。「無」的眼中容不下異類的存在、不容許異能者占據強大的未知力量。儘管異能者在本質上，什麼都沒做錯。

他們僅僅是「與生俱來」。

可惜，人類往往都是自私的生物。

最後一發不可收拾的全面戰爭，掀動了這片大陸上的所有人類、所有族群、所有的善與惡。腥悶的血色染進銀白的雪地、無數被拋落的武器成了寒風中的遺囑。無論是追求共識的「異能者」、惡劣無道的「異能者」，還是占人類多數的「無」，皆犧牲無數。

在最後一刻，異能者們的領導者，決定封印一切、終結這已經付出了太多太多的大戰。其中一位最強大的「制象者」，在高聳的雪山中冰封自己的記憶並獨自一人陷入了永遠的沉睡。

另一位「物靈使」燒盡所有的意志，不分敵我，毀滅了世界——

將那個「舊世」攜入棺材，同歸於盡。

大陸上的雙方族群幾近滅絕，但也因此，世界終於迎來了明晨的曙光。

剩下能記錄這段史實的追述，也成了再也說不出口的絕憶。

而白石家，作為這段「古代神話」唯一且最後存活的「見證者」，持續觀測著這個世界的歷史直至現今——

「不過這些，都已經是過時的舊話了。」

橙紅的夕陽依附至富士山的山腰，稍微走在我前方兩步距離的白石櫻，輕薄的白袍因即將入夜的冷風而翩翩飛起。

「原來還有這麼一段不為人知的……竟然從未被公開過。」

「畢竟，幾乎不可能有任何外人知曉，這千年前的歷史。從我先輩那邊聽來的傳說是，當時白石家發誓將永遠記得、並隱瞞這段歷史。直到它能被公開的那一天，到來。」

「既然如此，那白石小姐的家族，應該是屬於……『異能者』那邊的吧？」

「對，但，也錯。」白石櫻慚愧地搖搖頭。「白石家是強大的家族，因為我們罕見地可以控制雙重能力。但正因為如此，我們一直都很收斂，不輕易選邊站。不論是古代、還是現代。」

我與她在一棵枯樹前停下，白石櫻背對我，緩緩向前伸出了手。

「我們只是時代的影子。永遠立於『幻象』中的——旁觀者。」

眼前粉紅長髮飄逸的少女，輕輕彈了個響指。霎那間，群風起舞、一陣嫣紅色的暖流覆住了視野。一轉眼，原本的枯樹綻放出群開的櫻花，白石櫻周圍的地面也滿開著小巧的芝櫻。

白而透紅的櫻花瓣，在我們身邊徐徐紛飛。

冬日，白雪。眼前少女所創造的櫻花幻象，是名副其實的「雪櫻」。這些櫻花的主人滑步轉回正身，向又吃驚又佩服的我解釋道：

「『櫻』與『幻』。這就是我的能力。只有少數我信任的人，知道。」

雖然還不清楚「異能」的運作方式，不過這在我看來也很不可思議了。

「既然多數人都滅絕了，那我和紗兒的『異能』又是從哪裡來的呢？」

我回過神，注視著她微微發亮的黃瞳，持續的追問還有太多的疑惑。

「其實，我自己也很驚訝。我從不知道原來『那個家族』——就是我剛剛說，毀滅世界的那位『物靈使』，還留有子嗣。他們，隱藏得很好。」

這次換我彷彿被白石櫻清澈的雙瞳看透了心思。她直呼我的名字。

「亞克，你，**沒有家族姓氏**，對吧？」

「確實……沒有。」

「那就說得通了。你的先代，顯然不希望後世記得，『異能』的存在。因此在代代相傳，卻又久未使用的情況下，這個能力漸漸減弱。最後到你這代，才因為常常身處戰場，而跑出了封印的表層。雖說已大幅弱化，但你所持有的『徵兆』實在與我在傳說中所聽聞的，太過相似。所以我才認定你有『異能』。」

震驚。還有終於稍微解開自己身世之謎的放鬆，讓我雖頭痛欲裂但還是放下了長年來的巨大疑問。

至少，部分的放下了。

「哈哈，原來我自己體內有這種未知的力量嗎……」

白石櫻捻起一搓飄落手掌心的櫻花瓣，溫柔的說道：

「對你來說或許是幻想般的，荒唐設定吧。不過這就是事實哦。」

古代神話。異能。犧牲無數的大戰。永遠毀滅的世界。

傳承了數百代的「異能」……

沒想到，會在這種時候聽到比這個末世還要更加荒誕、卻又無法質疑的事實。

「我大致明白為何我會有這些能耐，但紗兒呢？」

「我想我已經，講過囉。」

難不成——

「希萊絲……我們口中所謂的古代AI，就是當時冰封自我的異能者領導者嗎!?」

仔細想想，從地土「挖掘」而出的「人工智慧」、擁有「現代科學」無法解釋的謎團，這本身就極度不尋常。但如果套用那段「歷史」，卻又十足合理。

而假使白石櫻所述不假，那「異能」即是種可以傳承的力量。

這麼一來，從希萊絲身上分離出來、被套用了虛擬人格的紗兒——

「沒錯，紗兒是希萊絲的『另一半身』，因此理應會具有強大的『異能』，才對。」

所有的一切，在這一瞬，似乎都接上了線。

白石櫻再度揮了揮手，原本覆蓋湖邊的大量幻櫻猝然消失。老樹的枯枝再度裸露於寒風之中。

「總之，你們兩位的『異能』都還太不成熟，僅有身體素質強化、回復力快速的程度。之後會需要更多相關的訓練。眼下，請先注焦於陳的命令吧。」

訓練如何使用「異能」，是吧……

確實，如果我真的具備這樣的資質，並且能妥善使用這份我還完全不瞭解的能力的話，那會為戰局帶來一定的優勢。

不過究竟是怎麼樣的「異能」、要怎麼操控它，才是最關鍵的問題。

以及，我更好奇紗兒究竟蘊含著怎樣的「潛力」。

（說起來，還沒問過白石小姐呢……）

儘管今天整個下午的談天，已經被白石櫻灌輸了許許多多的知識。然而我對眼前容貌與實齡相去甚遠的「少女」，依然一無所知。

「對了，白石小姐好像說過，自己曾在臺灣待過吧？」

會這麼問，也只是之前隱約感覺白石櫻對臺灣那塊土地是有感情的。

白石櫻走回我身旁，手插口袋投眼於廣闊的湖面。

「是的。不過也已是，十幾年前的往事。我曾在臺灣愛上一名男子。」

「他現在——」

「我不知道。他是否還活著、還是已經死於那個末日，我無法知情。」

身邊頓時變得柔弱無比的少女，沒有表現出明顯的遺憾、或是悲痛之情。但我能感受到她眼中、她口語中的那份藏於心底的不捨。

那或許比任何心如刀割的痛還要來得深沉。

「抱歉，白石小姐……」

「為何要道歉呢？」

「不，因為我、因為我們沒能及時地……」

白石櫻無奈地笑了笑。「這不是你們的錯，你們沒有義務拯救這世界。」

一句話，使我再度陷入了沉默。

是呢，我一直以為我有拯救世界的能力。不過到頭來只證明了，那是我個人的自大，以及人類獨有的愚蠢。

我可能非但沒有義務，也沒有權力，去拯救吧。

想當英雄，根本是個太過於不切實際的想法。

「不過，」

正當我獨自懺悔時，白石櫻抬頭仰望我。

「你和年輕時的他，真的很像。」

我抬起頭，感覺到眼前的她正以溫和的憐愛目光注視我。

「你們都渴求拯救世界、將他人的利益與安危，置於自我之前……甚至不惜犧牲自己、遍體鱗傷，也想守護身後的事物。」

儘管白石櫻並沒有發動能力，周遭也沒有半株能在這樣的季節生長的花朵。但我彷彿看見了，櫻色的染幕在她身後展開。

幻之櫻花瓣隨著稍暖的和風翻飛起舞。

「我想，這也是為何，人家會看上你的原因吧。」

「呃，這個……」

白石櫻拋了個媚眼，眨著眼的臉蛋配上小巧的身姿，讓忘記先前教訓的我一時又陷入了有點不知所措的情境。

「白石小姐，妳、妳的看上是指類似工作需求上的，看中，吧……」

「你說呢，親・愛・的・亞・克？」

不要一臉冷靜地說出這種惡魔般的低語啊！

瞧見我沒有男子氣概的反應，白石櫻以手遮嘴，『噗哧』地笑了出來。

「呵呵……當然是騙你的。我可不會，沒風度到要跟紗兒小姐搶呢。」

「不不，我和紗兒並不是那種關係……」

「是嘛？」

白石櫻顯然十分懷疑，但我如果繼續辯解下去，怕是只會愈描愈黑吧。

我們又沿著湖岸比肩走了一段路。實在很難想像，外面的世界明明應該是十分危險、已經荒廢的，但在這平和的城鎮中，人們卻一如往常地生活著。

讓我想起了以前的家鄉曾有某段時間也是如此。

那段時期，當世界陷入了疾病疫情的大危機之際，我卻依舊能夠在那個國度自由的持續著日常。雖說過得貧窮，但至少不用那麼害怕無所不在的瘟疫。

隨後的閒聊中，白石櫻又和我談及一開始自衛隊無人機的研發、解釋了「櫻座」這個都市整體的構造，以及「櫻座」在當初是如何在AI無人機暴走後，上下分離了半邊城鎮、收容了大量的難民，成為全日本少數的安全區。

我也才漸漸理解到，白石櫻真的是一位非常厲害的女性標竿。

天色漸晚，河口湖的粼粼波光已倒映不出斜陽的晚照。

「該回去了嗎。」白石櫻似乎有些惋惜時間的流逝。

「今天白石小姐也和我講述了很多呢，真的很謝謝。」

「不用謝，我本來就是，你的協助者。畢竟我無法站上前線。」

「妳的『異能』不能用於戰鬥嗎？」

再怎麼說也是熟稔「異能」的世家，我是這麼認為的。不過白石櫻輕輕的搖頭否認我的想法。

「我的『異能』，並不是那麼方便的能力。這種人類已經沒必要，相互爭鬥的時期，還是科學的學識管用。因此，亞克——」

我察覺到白石櫻語句的停頓，不過這回我選擇靜靜等待。

半晌過後，她才再度開口。

「你必須守護好紗兒。她或許是這一切的關鍵，時候到了你自然會明白。」

我點頭承諾。「這點我明白。」

「另外，請珍視自己的過去、現在，以及未來。」
「……？什麼意思？」
雖然已經初步瞭解了白石櫻就是這樣的個性，不過偶爾也會無法理解她一些比較富含哲理的話。
「我剛剛講過的那些歷史，同時，也是屬於你的歷史。希萊絲曾是強大異能者領導階層，如今變成了不斷進步學習的，ＡＩ人工智慧。現在位於臺灣本島的她是敵是友，我們還不清楚。而你，也或許十分巧合地，與這段奇幻的過去有所關聯。雖說這是否影響之後的戰局，還是個未知數。或許根本無所謂吧。不過如果可以，在你守護紗兒、為奪回東京而戰並試圖『拯救世界』的同時——」
白石櫻轉過頭堅定地、也是今天最後一次，與我相互對視。
「請務必奪回故土，還有，拯救她——拯救『希萊絲』。」

††

「拯救希萊絲」。
要我「拯救」一個失控的ＡＩ，主動接觸大災變的起源，是為什麼呢？

到頭來，其實我還是對這個神祕的ＡＩ，或是說所謂「制象者」，沒有多深入的理解。

是要我化敵為友？問出以前的情報？

還是意思說要消滅希萊絲？

（……或許謎團這種東西還是得隨時間慢慢理解的吧，唉。）

我一邊在夜色的庇護下靜靜思考，一邊獨自走回分組宿舍。

第一指揮組的分組宿舍主要分成三個區塊，雖說是完全打通，但男生與女生舖基本上還是以中間的客廳起居室為分界，正門則直通後方的小陽臺。

我打開門扉，小小的陽臺上站了兩道姊妹般的身影。

沒記錯的話，今天維特和小雪都要在戰情本部值勤，席奈則是每次夜晚總會不知溜到哪做夜間訓練。

我脫下鞋跨過柔軟的地毯。不過如此輕盈的步伐聲還是被琴羽聽到了。

她們倆雙雙轉過頭。意外的是，在我進門的幾秒前，紗兒和琴羽似乎還有說有笑，我以為氣氛會更悲情一點。

「打擾到妳們了？」

「啊！亞克，你回來了。」

我朝紗兒招招手，她的氣色比起前幾天好了不少。

「你終於來了，我還想說哪時候才能解放呢。」
紗兒無奈地向我解釋：「剛剛好像占用琴羽姊太多時間了，哈哈……」
「那接下來就交給你了，啊～講這麼多話口都渴了。」
「等等，我剛回來也想休息啊……」
琴羽把「聊天」的重責大任推給了我，自己似乎故意想放我和紗兒獨處。
「你就別彆扭了，亞克。要對小紗兒紳士一點哦。」
琴羽跟紗兒道了晚安，在經過我身旁時被我叫住。
「……抱歉，回來之後都沒能好好聊過。明明五年不見了。」
「道什麼歉呢，以後要聊機會多的是。前幾天不都趁小紗兒睡著後，一群人在半夜放肆的聊天嗎？」
「對耶，也是啦。」現在與老夥伴對話，已經不會有先前的尷尬。
她拍了拍我的肩，偏頭瞄著獨自一人趴在陽臺邊的紗兒。
「而且現在更需要你關心的人，不是第一指揮組的我們吧？」
琴羽意有所指，我內心也很清楚這道題的答案。我謝過準備回房的琴羽，眼角餘光瞄見琴羽最後似乎還朝我這邊多看了一會兒。不過沒多說什麼，就消失在床鋪另一頭了。
我靜步來到紗兒身旁。從外頭吹來的風，清冷，但乾淨。

因為正對廣闊的湖面，可以看到皎潔的月光灑下夜深人靜的河口湖町。
遠處人工瀑布的下方，有橘紅色的夜燈隱隱透出光隙。地底城市似乎終日都不會歇息，依然大放著明燈夜火。
我和紗兒就這樣感受著微風的鼓動，長久未語地望著夜色。她任憑放下來的銀白長髮隨風飄盪，許久，許久。
隨後還是由我先開了話匣子。
「剛剛在跟琴羽聊些什麼呢？」
紗兒稍微揚起了窩在手臂中的頭。「以前的事情。」
「以前的事情？」
「琴羽姊跟我分享了很多這個世界還健在時，你們共事的事情。我則爆了很多亞克這幾年的料哦。」
她露出無邪的笑容，使得我都不好意思譴責她。
何況那份笑容中隱含著惆悵。
我繼續和紗兒搭話。「譬如呢？」
「像是……亞克曾經炸了一架飛機的事、衝進別人大使館抓人的事……」
（琴羽是把我出國幹的好事都給紗兒灌輸一遍了嗎……）
「……或是我們一起去釣魚的事、被無人機攻擊的事之類的。」

「不，沒需要把這種危險的事情都分享出來吧。」
紗兒呵呵一笑，隨後又落回了自己的臂膀中。
「我們分享了很多，亞克的事哦。」
「妳喜歡琴羽嗎？」
「喜歡。琴羽姊對我很溫柔，不像亞克一樣粗魯。」
「我這五年可沒虧待過妳吧？」
「也就是飯煮得好吃而已。」她假裝嘟起嘴表示不滿。
「妳還真是小公主性格耶。」
停下了小小的吵嘴，我們繼續凝望靜謐的月夜。
湖畔傳來陣陣鷺鳴與細微的點水聲。

「吶……亞克，你覺得我是**什麼**呢？」
紗兒語帶孤寂，尋覓著一個抽象問題的答案。

——紗兒是人造人。

一個被植入了遠古ＡＩ意識——多種人格之一的「守序」人格的白髮少女、一個成為人工智慧實驗體的人類女孩。

並非完全的人類之軀、細胞組成包含了奈米機械反應素。

持有曾被視為異類怪物象徵的「異能」。

這是幾天前，我才知道的真相。**我們**才知道的真相。

「我跟亞克你們，是**不一樣**的嗎？」紗兒低頭傾訴著苦楚。

既非機械，也非人類，亦非幻像。這是她們告訴我的事實。

然而我所認識的紗兒，很單純。

一開始很內向、怕生，是個在廢墟餘燼中好不容易存活下來的奇蹟。長大一些後，變得調皮了一點，身處戰鬥時則冷酷而精準。

但是，一直沒變的，是她發自內心的溫柔與善良。

還有現代已經很少見的天真無邪。

我靠近她身側，反問她：「那紗兒，妳覺得自己是什麼呢？」

「我……我不知道。」

這幾個平靜的夜晚，她想必依然很痛苦。

「我只想當個普普通通的人……只想和亞克一起，普通的活下去。」

普通的活下去。這對現在的「世界」來說，是多麼狂妄的祈願。

但卻也是少女唯一不能被折斷的願望。

「我不知道啊，亞克，我不知……………」

在悲痛又無處宣洩的祈求中，少女濕潤的眼角流露深藍中的痛楚。幻藍色的電光與細塵，由她睜大的眼中分竄至全身。

雙瞳發出的微光比以前任何一次都還異常。

（難道是紗兒的「異能」暴走了！）

我對「異能」的所知還太少，可是這種情況——

「紗兒，冷靜下來！」

我抓住她的肩膀搖晃，但難保紗兒已經被另一層意識扯進了深層。

「我不知……道，我……不知……不知道……」

「別再想那些了，紗兒！我們都是一樣的啊！」

「不知……不一……樣……」

紗兒身上纏繞的藍色波流似乎有減緩的跡象，然而她的內心的煎熬依然不斷又不斷的訴苦著。

「紗兒……」

淚光灑入靜悄的月色。

紗兒呼著氣，試圖平穩情緒。但還是放不下那個「自己」。

「我真的不知道啊，亞克……」

電光幻影的餘波漸漸退散，藍晶似的雙瞳也不再發光。

「聽我說。紗兒。」

將散著髮的少女拉進臂膀中，我訴說起過去。

「以前的世界，可能比現今還要多更多的混亂、更多的戰爭。或許現在我們無時無刻都曝於無人機的威脅之下。但是在妳可能甚至還在牙牙學語的『和平』年代，就算是人類與人類間，也會因一點雞毛蒜皮的事爭鬥不休。」

人類，是將「私慾」的概念發展到病入膏肓地步的種族。

如果要說大災變前的時代比起末世有什麼優點，大概只有不會被無人機殺死這點可以勉強充數吧。

「所以，就算別人說紗兒是機器人也好、是人造人也好，我都不在乎。因為那根本不重要。」

「欸……？」

「人類不一定就比較好、人工智慧不一定就比較壞。那都無所謂。」

我望著高掛的明月，微笑道出心裡話。

「不管發生什麼事、不管自己的身分是否為世間所認知的『正常』，皆只是些無關緊要的小問題。紗兒就只是紗兒。這點永遠都不會變。」

比任何人類都還要有人性、比任何ＡＩ都還要勤奮於學習這個世界的一切。

我所認識的她、在我眼中的她，不就只是個普通的小女孩嗎？

「所以不要再繼續消沉了，好嗎？」

我注視著紗兒淚汪汪的大眼，不知不覺間，她的眼眶已盈滿泣音的潾光。

總感覺，這樣似曾相似的情景，我和她的角色立場應該是互換的呢……

「對不起……琴羽姊也叫我不要在意，但是……」

「那就不要在意了。都已經成為大家的夥伴，妳覺得我們幾個還會在乎這種小事嗎？」

「……亞克會嗎？」

「當然不會。」

紗兒默默將頭倒在我的胸口，隨著抽泣的臉龐顫抖著淚珠。

「別哭啦。我從廢墟救回的那個小女孩這麼愛哭的嗎？」

我撫著她柔順的白髮，直到她慢慢停下恐懼與無助的顫抖，有點粗暴地用袖子擦去兩痕淚光，抬頭已是截然不同的眼神。

（從五年前在在末日的相遇開始，已經，長成長很多了呢。）

「我沒有，愛哭。」

我感慨一笑，從緩緩摸著她的頭變成亂搔，把小小少女的頭髮都摸亂了。

「現在心情好點了嗎？」

「嗯，好多了。謝謝亞克。」

「不用謝我，要謝就到時候去謝謝其他人吧。」

如果不是這幾天我在外奔波忙碌時，第一指揮組的其他人留在宿舍輪番為紗兒打氣，那少女恐怕也不會在今天的月夜之下停止哭泣了吧。

我自己也得找個時間好好感謝他們才是。

不管怎麼說，來到日本過了幾天，看來紗兒總算可以睡個安穩的覺了。

我將身子撐離陽臺，抓起紗兒的手。「好了，時間也不早了，好孩子要早點上床睡覺。」

「誒，我還沒洗澡。」

「應該已經不會需要我幫妳洗了吧。」

剛剛還在啜泣的少女馬上投來鄙夷的目光。還是最冰冷的那種。

「對不起我錯了請不要殺死我謝謝。」

「真是的，我已經長大了，會自己洗了啦。」紗兒可愛的嘟起嘴。

「不好意思，兩位，有空嗎？」

「嗚哇！」

我被站在門口、神態自若的白石櫻嚇到，紗兒則連發出驚嚇聲都來不及。

「呃……我這樣很奇怪？」反被我嚇呆的白石櫻連忙檢查自己的衣裝。

「呃……首先應該是我想問妳怎麼進來的？」

「我有萬能鑰匙啊。」

白石櫻從白袍口袋亮出一串的晶片卡，理所當然地用手指轉著。

「哈……」女人真是可怕。

「白、白石小姐妳好……」

「哎呀，紗兒小姐很有禮貌呢。不像**某人**。」

喂喂我們才剛認識彼此沒多久妳就開始酸我了嗎。

「所以呢，請問有什麼事？」

白石櫻走進宿舍讓自動門滑回原位，興致盎然地環視這個舒適的小屋。

「說聲抱歉。剛剛忘記講，下周開始要幫兩位進行，『異能』的特訓。」

「『異能』的特訓？」

「是的。不過我想盡量低調，自己的『制象者』身分。所以會以觀察員的身分，到場指導兩位。」

（原來白石小姐是「制象者」……如此歸類的話也就是說，除了控制「現象」或「自然因素」外，控制動物等「物靈」的，就叫做「控靈使」嗎？）

我若有所思的點頭。「瞭解了，那屆時我們需要準備什麼嗎？」

「男生當然要來當苦力，把裝備搬到場館內啊。」

「那、那我呢？」

「紗兒小姐到時候，穿好戰鬥裝束跟我走就好囉。」

可惡，男女不平等啊！這個世界的法律呢！

「總之下週開始，要配合你們的日常戰鬥訓練一起，做密集特訓。還請兩位做好準備。」

「看來辛苦的生活要開始了啊……」

「請放心，不會讓你們死的。」

白石櫻照樣擺出淺淺的笑容，說著十分惡毒的話語。

不過——

「紗兒，妳可以嗎？」

畢竟剛才好不容易釋懷，卻又馬上又準備開始做「異能」的訓練這種事……

「嗯，我想，沒問題。我沒問題的。」

紗兒抬起頭，我在她碧藍色的的眼中看見了不同以往的堅毅與決心。

看來是真的沒問題了。

「那就好。白石小姐，再麻煩妳之後告知我們集合的時間地點了。」

「我會的。再次致歉，這麼晚還來拜訪，兩位也……」

話語未落，白石櫻的雙瞳迅速瞇得比貓還要細，轉頭瞪視宿舍門口。

我和紗兒也同時察知到了，門外有不速之客的存在。

「亞克先生，我不想招搖。麻煩你了。」

不等白石櫻進一步的細語，我右腳重重一踏，瞬閃之際衝到門口並剝開感應門。

門外的兩個人先是驚呼一聲，馬上被我刻意施加身體重量的衝刺撞進走廊。沒給他們重新爬起來的機會，我一把抓住兩人的手腕並扣在欄杆上。

「你們是誰？」我赤紅的雙眼怒視兩名不請自來的訪客。

「咕……放、放開！」

「哎呀，這兩位不是，我**連名字都懶得記得**的中尉們嗎？」

白石櫻悠然地踏著徐步，好像認識現在被我架住的兩名自衛隊男子。

「白石……陸佐，你這女人……」

「我又怎麼了呢？就只是來抓兩個偷聽賊而已，哦。」

「切！少憑著軍階得意忘形了，還在那邊袒護外來者！」

外來者？是指我們嗎？

我稍稍放鬆了力道，但還是控制在他們無法掙脫的範圍。白石櫻並沒有因他們惡言相向就顯露怒氣，只是繼續把臉貼到他們不能再近的距離。

「再敢出現竊聽情報，就不是叫司令官把你們革職，這麼簡單了。」

「…………」

兩名來意不善的自衛官，聽到這樣的威嚇也只好乖乖閉嘴。

「亞克，放他們走吧。」

我順從命令地放開雙手後退，面前兩名面露不滿的男子就這樣悻悻然地快步離去，念念有詞並隨後消失在走廊的轉角。

寂靜的走廊又只剩我們三個人。

一陣咚咚咚的聲音從房內傳來。「亞克！發生什麼事了？」

四個人。琴羽跌跌撞撞地穿著便服跑了出來。

「琴羽上校，晚上好。又是保守派的人。」

「保……喔，又是他們啊。到底要來幾次啊，真煩。」

「白石小姐，保守派是……」剛到此地沒多久的我和紗兒當然十分不解。

「可以先視為，自衛隊和ＪＣＣＦ、ＳＣＲＡ之間，還是有些嫌隙，吧。」

「嫌隙是指？」

「尤其紗兒小姐作為『人造人』來到此地後，在某些人眼中，還是保有『實驗品』這樣過時而低俗的，觀念。所以因意見不同，無法達成共識，在與ＡＩ無人機開戰這件事上，分成了『保守派』和『行動派』。」

「而『保守派』似乎很中意小紗兒，主張小紗兒是他們的資產並想拿回去做『研究』。」

聽了琴羽的補充，我不免流下心有餘悸的冷汗。

「不過不用擔心，陳局長已經有和這裡的司令官談過並密切注意這些激進分子了。」

「那樣的話就好。妳們以前有定位出是那些人在暗地搞鬼嗎？」

白石櫻和琴羽彼此都輕輕搖了搖頭。「雖然大概感覺得出來是哪些人心懷不滿，不過調查也都沒有下落。畢竟要維護這城市免於外害就不容易了。」

剛才走到門口的紗兒面露不安。「亞克，怎麼了？」

「沒事，只是有些不懷好意的人。都走掉了。」

我安撫著再怎麼說也才十五歲、對陌生人相當害怕的紗兒。

「雖然現在，不構成危害，不過還是提醒你一下，以後，要多加注意。」

「嗯，我知道了。」

「那麼祝好眠。三位都是。」

白石櫻揮揮手向我們道別，一月冷夜的晚風令她也不禁縮了縮身子。

「先睡了～」「晚安，白石小姐。」

琴羽和紗兒都陸續回到宿舍內，只剩我以及依然駐足的白石櫻。

雖然想多說點什麼。

不過卻詞窮得尷尬。

「……那，明天見，白石小姐。」

月光灑下走廊，白石櫻再度輕微的露出一貫的笑容。

只不過這次多了幾分真誠。

「嗯，明天見。」

在微冷夜色中，她緩緩道出真切的晚安。

【第四章】 櫻散

那就像一個深沉的夢。

眉毛結上了霜，半透的視野前是一片冰天雪地。
暴風雪無情地吹亂我的毛衣、手腳幾乎快要凍僵。
但無論如何的寒冷——

都比不過我臂彎中**已經失去溫度**的人體。

我向下一看，那是一張少女輕笑的臉龐。滿頭破散的白髮披在她肩頭，不過我內心知道她原本的髮色，是彼岸花般的豔紅。
凍結的血痕停靠在她的嘴角。

她的雙眼已然失神。

「[redacted]，拜託了，快醒醒……」

哭喊的人不是我，**是我的身體**。

「妳不能……已經太多人這樣子……」

可能已身受重傷的少女，連眨眼的力氣都失去。僅靠著極其微弱的呼吸留存在這片土地之上。死神的巨鐮已經架住她的咽喉。

瀕死的少女奇蹟般地動了動嘴唇。

「哥……」

「——！撐住[redacted]，再撐一下，援兵馬上就要……」

不知道為什麼，我像是快要失去摯愛般地悲傷。

明明我不認識眼前稱呼我為「哥哥」的少女、明明我在經歷的應當不是我的過去，但我卻悲痛欲絕。

我身後還站著另一位白髮少女。她無語地看著這景象，但同樣感到難受。

白髮少女引出了一點「異能」的餘暉，幫忙抬起我懷中那名少女的纖細手指，勉強觸碰到我的臉頰。

「不要……哭。」瀕死的少女輕聲囈語。

我自己都沒發覺「我」已淚流滿面。

儘管這份悲情不屬於我。

「怎麼可能……不會哭啊……」

「哭了……就不像你了呀，哥。」

少女以殘餘無幾的力氣，輕觸我臉上的淚痕。

「……要活……去，給這個……美麗的世……救贖。」

少女晶瑩的淚光閃爍滴下，不過一接觸到空氣就立刻化為冰凍的冰晶。

後頭站著的少女似乎說了些什麼，可惜夢境中的我聽不太清楚。然而，明明是身處模糊的夢境，為何悲傷的情感又會如此強烈呢？

已經走入死神懷抱的少女，最後說話的音量也無法被聽見。

但我內心很清楚她想說什麼。她在說什麼。

而在最後的遺言後，少女徹底斷氣了。

身後還健在的白髮少女又告訴了我一些事，我的情緒似乎由純粹的悲痛轉為驚訝。但那也許都已經是夢醒之後的事了。

我記得的，就只有最後那句被空氣遺忘的輕語。

——活下去。

††

「最重要的，是把它從『本能』的潛意識，拉到表層意識。」

河口湖對岸。「戰場模擬館」的一角，我和紗兒暫時卸下了重裝備並聽著白石櫻初步講解「異能」的使用要領及方式。

建構在ＪＣＣＦ防衛基地本部跨過大湖另一頭的「戰場模擬館」，是一個在大災變後才全新落成、占地超過二十公頃的巨蛋型設施。

無邊圓頂的內部，根據不同的作戰訓練需要而分成許多諸如城市、森林、岩漠等區塊，不僅布置了各種唯妙唯肖的造景，也提供各種假彈、機械假想敵、無殺傷力地雷，空間面積大到甚至有聯外電軌來回交通。而為了之後總有一天要進軍東京的作戰行動，我們這幾天主要都在做巷弄、室內戰的城市地域訓練。

而比起之前的生活，高密集度的體能操練可說是相當累人。

所以我們現在是以癱倒的姿勢聽課。

「所謂從潛意識拉到表層，就是讓『異能』的『記憶』，通過海馬迴後，利用右腦細胞的量子活體化，進而刺激中樞神經，讓身體做出反應。在做這件事時，你們的血壓會升高、動眼神經會增化，細胞活性增強轉而形成強大的『深層自主意識』。之後再藉由，對於這個意識的控制，而引出『異能』。」

我大口喘著氣，不耐地舉手回應。

「白、白石小姐，講中文……」

「我剛剛都特意不講日文，用中文了。」

（我的意思不是語言層面上的中文是理解層面上的中文啊！）

同樣累得不成人樣的紗兒勉強將步槍抵住地面，當成拐杖靠在上面歇息。

白石櫻嘆了口氣，搔了搔標致的臉蛋試圖構築更簡單易懂的句子。

「總之，要能夠得心應手的操控『異能』，首先要深刻認知到，自己有『異能』這件事，並且想像出它的形體。」

「呼……也就是說，想像力要足夠吧？」

「算是。我想想……舉例來說，就像《哈利波特》那種感覺吧。」

呃，哪種？

「啊，我知道！」

我正想吐槽，沒想到紗兒卻看起來知道這神祕譬喻的答案。說起來紗兒哪時候偷偷看過《哈利波特》的？

「是『疾疾護法現身』的感覺對不對？」

白石櫻讚賞地輕笑。「答對了。」

喂竟然答對了嗎！

該佩服於她們的心有靈犀還是天然呆與聰慧的互補呢……我將突擊步槍晾到一旁，拿起隨身的水瓶灌飲。

不過白石櫻倒也沒說錯。

這幾年的親身體驗、這幾天我背著其他人做的測試，都導向了一個結論——

——我對「異能」這個力量的瞭解依舊僅止於幼兒班一樣的初階基礎。

因為我一直都當成一個「現象」，而非「技能」。

因為我沒有去「思考」它。

先前都是在需要戰鬥時才會「雙眼發光」、是被動地使用「異能」。

假使能去想像它的形體，如白石櫻所說的去牽動意識與「異能」產生共鳴……那或許，我們所能做到的就不只是體能提升、反應力變好這種程度。

雖然這實在是很具奇幻風格的設定。

「都差不多的話，兩位準備好要，測試了嗎？」

我和紗兒互相交換了眼神。

「準備好了。」我點頭回答。

「那麼，請先面對面，右臂平舉並牽起彼此的手。」
「誒？需要雙人協力的嗎？」
「畢竟如果兩位都是『異能』使用者新手，的話，那互相導引會比較快。」
總感覺白石櫻是在故意唬人呀……
「哦，沒在騙你的。反正平常都抱得很恩愛，牽手應該沒什麼吧？」
紗兒頓時因白石櫻小惡魔般的笑容紅透了臉，而我竟也無力反駁，只好轉身與紗兒面對面站立。不知是因為這裡遭人注目還是一時緊張的緣故，紗兒的臉頰還是很紅，害羞得搓著雙手。
「那個，紗兒，準備好了嗎？」
她含蓄地回應：「嗯、嗯，好了。大概……」
「也不用完全舉直，手指手掌有相互碰到，就行了。」
我依照白石櫻的指示，朝紗兒舉起了右手。面前的少女雖有些猶疑，不過也緩緩將相對的手臂伸來。我接過她細嫩的手指，感受到了不同於我的另一個溫度傳至我的掌心。溫和地彎起手指，隨著動作我與紗兒四指相互輕勾，在我緊緊將紗兒的小手包覆於指間時，感覺我們兩人的臉都更紅了些。
雖不知白石櫻對此景作何感想，不過要不就竊笑要不就是翻了個白眼吧。
「接下來，請想像**彼此**的形體，也就是你們對彼此的，『記憶』。」

「不是應該想像自己形體的嗎？」

白石櫻反而意外地搖了搖頭，表示我的想法有誤。

「理論上是這樣。但你們的案例，比較特殊。我們現在只知道亞克先生，你是『控靈使』，理論上有能夠操控及引出，動物靈魂或形象的『異能』。但紗兒小姐畢竟是……抱歉，說得比較直白一點，分化人格的『人造人』。而就我們的研究及歷史知識，希萊絲的原身應是『制象者』，但解析出來的結果卻又有些不同。雖其他研究員看不懂，但我知道其顯示出了『控靈使』的徵兆。」

解釋了一大串，白石櫻清了幾下喉嚨，繼續說著：

「局外者清。也就是說，紗兒小姐繼承的究竟是哪部分的力量，這，需要彼此互相在腦中構築印象、用想像強化意念，並由你代替她引出來，亞克先生。不管怎麼說你也和『異能』相處比較久，較能負擔頭一次所帶來的衝擊。」

說明完畢，我跟著點點頭。額頭流下的冷汗讓我再度專注回眼前。

「那麼就開始吧。」

平常，我們都活在充滿科技、貧窮、數位，與槍彈的世界。

現在我們必須開始嘗試的，是一個完全未知的「領域」。

我閉起眼，屏氣凝神跟隨體內的情感、直覺、靈魂、神經刺激的傳導。「塑造主觀」。一開始，依舊只是根本沒什麼、純粹第六感增強的普通生理反應。我想像著跟著我生活了五年的白髮少女的「形體」、我對「她」的印象。

我的思緒飄向幾千公里外那個荒廢的城都。

場景是微朦的下雨天，我靜立於城市一隅的公園中，眼前塌倒著一個破碎的涼亭。不同於單調醜陋的黑灰色階，散裂成一座小山的石塊堆上，躺著一名披頭散髮的女孩。她的皮膚因擦傷而留下灰痕、白髮因久未梳理而覆上塵埃。衣物破損不堪，乍看之下就像被遺棄在戰地的孤兒。

不過她小小的胸口依然穩定起伏。

廢墟石山的壓迫下，一朵藍薔薇綻放挺拔。

我繼續搜索我的記憶，時序不知向後推了幾年，皮膚所感觸的環境換成了劃過身旁的疾風與建築騎樓。

視線前方是幾架落單的ＡＩ無人機，理論擁有強大武裝的牠們，現在卻因生鏽的身軀而大大抵去了速度的優勢，在我主觀中比蝸牛還慢的機槍塔旋轉，遠遠跟不上我腎上腺素併發、全力的衝刺。我回頭一瞧，將白髮束成馬尾的少女手持嶄新的步槍緊跟在我的瞬影之後。

與我雷同，她雙目中微閃著電火般的光輝。

那是比深海還要蔚藍、比天空還要明澈的亮藍色。

就在我望進少女眼中的那個瞬間，一股極強勁的奔流竄進我的腦海！

我驚呼一聲睜開了眼，光火竄流帶著青藍，馬上如磁鐵相斥般跳出了意識，貼著我與紗兒相接的手臂直線狂衝，並在碰上紗兒的身軀後爆出電藍的能量流緊緊纏著她全身上下。

而作為交換，另一股反向深紅脈衝同時撞進了我的思考。

「唔……嗯……」

紗兒發出不自然的呻吟，畏縮抖動著身子。銳利的能量流持續擴散、迴繞貼覆著苗條的軀體，時而閃現光輝、時而流入衣裝之下的肌膚。

（那就是『異能』實體化後的樣子嗎——）

無疑地，那份終於破出囚牢的「異能」鐵定十分強大。

雖然應該是沒有造成疼痛，不過紗兒一邊奮力支撐身體、一邊不斷喘息。電光能量流像是針刺般搔癢著，汗滴潤濕了襯裙的領口。愣於這臉紅心跳的場面，我不禁擔心「異能」導出與生成所造成的負壓是否帶給紗兒太多的疲勞。

「不要停下來，換你自己了，亞克！」

白石櫻發動「異能」，以環環相扣的櫻瓣之風隔離開我與紗兒，在我們的外圍形成一個流動的防護網。粉色氣流之間，僅剩雙方的手指相牽連繫著彼此，紅與藍的電火脈流反覆交錯於我們的手臂。

看來剩下的工作，必須由紗兒自行應付。

我重新聚集意識，這次，換成順從方才得到的這股紅色湧流而展開思緒。

身體可以很直觀的感覺到，這次來訪我體內的『異能』，比傳導給紗兒的藍色電光流還要更加柔軟、更像水在流動，卻又更加千變萬化與——狂暴。

才剛如此暗忖，紅色『異能』便如狂躁的赤火撲向我的意識中心。

「糟，意識來不及跟上……！」

我再次墜入了回憶的深潭。但這次不是**我**的回憶。

或者該說，不是「回憶」。

我的意識陷入了一個與現實世界相去甚遠的空間。

圍繞著我的無邊際空間沒有地面或牆壁，一下成為純黑、一下子又無聲地轉為純白。不斷切換光景的世界使我眼睛感到相當不適。

倏然間，時空停格在純黑的波段。

那是如萬丈深淵般的無底之黑。

慢慢地，我感覺到周遭的空氣正被逐漸加熱。還來不及弄清現在的情況，一個火紅的光點從空間邊際疾馳而來，眨眼間放大成了一個明亮的形體並止於我的面前，熊熊燃燒的氣勢直撲我的視界。

那是一隻被熾紅烈焰包覆的巨鳥。一揮動翅膀，便有熱氣橫掃周圍。牠巨大的銳眼直勾勾地盯著我。

就算是幻象，我的體型與其相比大概也只跟螻蟻一般大。不間斷釋放熱能的火鳥只不過是展開雙翼，就覆蓋了所有的黑暗。

「你就是……我的『異能』嗎？」

巨鳥──或是說形態接近「鷹」的猛禽，沒有回應。只有火焰的轟隆聲劈啪作響。

現在這種情況，我完全搞不清楚究竟是該逃離，還是該慢慢接近這隻巨鷹──先不提那股高溫是一旦靠近，就會把我燒成炭灰。

可是再不下定決心的話──

「我現在要準備觸碰你了。」

丟出了一個連我自己都覺得白痴的宣告，我一步步向燃燒著的巨鷹靠近。雖然不斷被熱風侵襲著五官，但至少距離有漸漸在拉近。

可惜原先默然的火之鳥沒有給我太多機會。

烈焰覆身的巨鷹驚鳴一聲，隨著『嘎阿──』的尖銳長嘯拍打雙翼迅速往我的方向疾飛，根本來不及閃避的我只能窩囊地用雙手護住頭部並祈禱能免於被直接烤熟的命運。
就在無情的烈火將吞噬我之際，一切又荒謬地歸於虛無。
熱氣與巨鷹都消失了。
戰戰兢兢睜開眼，空間變回了無汙點的純白。
「到底是怎麼一回事……？」
「嗨。」
我反射性地轉頭，與那年輕聲音的主人對上了眼。
突然出現、突然打招呼的少年，穿著一身破損的禦寒衣物，在奇幻風格的款式中又夾雜一些近現代的領口與折邊設計。
不過那些衣裝都不是重點。
「終於見到你了呢。」
我單刀直入提問：「你是誰？」
「我是你的過去，但也不是；我是被遺忘者，但又被記錄於你的血脈之中。」
嗓音沉穩的少年回答道，難懂的話語中不挾帶一絲欺騙與猶豫。
「我以為這份『異能』已經隨我一同葬送了，不過看來並非如此呢。」
「你知道『異能』的事？」
「當然。畢竟，你就是我，我就是你。」

他伸出粗糙的食指，指著自己和我的胸膛。

「但同時我也不是你、你也不是我。這也得虧你成功引出自己的『過去』——引出理論上不該被傳承，卻還有殘燼留存的『異能』。」

「難不成你是千年以前，白石櫻所述的那個『控靈使』嗎？」

臉被頭髮陰影遮住的少年聽到這話，淺淺一笑：

「白石……啊，真令人懷念的家名。嗯，如你所想，大概是這樣沒錯。」

「那理論上已經死亡的你現在會出現在我面前，也是因為『異能』的關係，還是說我現在所見一切只是虛幻的記憶？」

「這個嘛……抱歉，我還是只能給你很模糊的答覆。」

少年煩惱的搔搔頭。「確實，因為你引出了那股力量，我才會顯現；但同時這也僅是某種記憶。」

眼前年紀說不定比我小的少年感到不太好意思，我也就失落地嘆了口氣，不再繼續追問相關的問題。

「不過聽仔細了，後繼者。」少年突然嚴肅了起來。

「現在於你體內流動的這份力量，曾經毀滅了『世界的記憶』。而在這之前，是更多更多我的同族、我的親友、我所珍愛之人的——犧牲。」

我吞吞口水，一字一句聽著少年語重心長的描述。

「既然如今你還是繼承到了『異能』的星星之火，那麼，希望你可以妥善的用在正確的地方。無論是用來拯救你身邊的人，還是再一次……毀滅。雖然你才剛起步，得到的可能只是鳳毛麟角。但請切記：**『追憶』**是一股強大的雙面刃，它並非這個『異能』與生俱來的力量，卻有改寫世界的本質。」

少年舉起右手，一股溫順的紅色能量匯集到他的掌心，靜靜流動。不向前幾分鐘我身上那些不聽話的狂流，少年操控『異能』的技巧可說是得心應手。

「這，就是你繼承到的『異能』、身為『控靈使』的基本長處。我相信你剛剛已經見過**牠**了。」

「你是指那隻……火鳥？」

「應該是吧，牠從不乖乖聽話的。」

他再度掛上無奈的微笑並攤攤手。

這時，我們身邊的純白空間『喀啪』幾聲裂了數道縫隙。

「看來時間到了呢。」

「等等，那這個『異能』到底要如何控制……」

「後繼者呦。」

純白的空間綻出愈來愈多的裂痕，就向是要將一切吸入其中，強風從裂開的隙口不斷拉扯我們的身軀及衣服。

「待時候到了，你自然就會明白。關於這份力量的過往還有……你所該做的事情。現在的我，不，**我這個過去的幻影**教不了你任何事。說不定因為經過了數千年，你傳承到的『異能』已經衰弱到難以發揮，而老實說我個人也希望如此。但你應該不這麼想吧？」

「如果可以，我只想用它來守護身邊重要之物，守護我所珍愛的夥伴與——家人。」

我 緊拳頭，說出我內心的誓言。少年聞言後，也並無反駁什麼，只是低下頭聳了聳肩並輕笑出聲。

「看來，我們都是同類呢。」

他再度抬頭，這回因狂風的亂流過於強勁，我得以看到他瀏海下的眼神。

那是一雙，光輝即將熄滅的血色紅瞳。

「我也該走了。希望你可以自己慢慢學會如何操控那個『異能』，還有，依照你的意志改變你的世界……但願你不必用上『追憶』的禁忌之力。」

少年瀟灑地揮了揮手，退步走入裂隙的光芒之中。

「等一下！那你……怎麼辦？」

我也不清楚，為何我會想問這個問題。

明明只是記憶中的幻象。

「我說過，我只是過去的幻影、是早該消失的死人啊。」

少年悠哉地說道。然而，他的表情卻十分惆悵。

「這份力量，就託付給你了，後繼者。還有人在等你呢。」

他輕手一推，沒注意到要及時支撐的我就此向後倒——

「啊啊啊稍等稍等！」

明明先把我推開的少年卻又突然猛抓我的手把我拉回來。這回輪到我對於眼前的行為感到傻眼。

「那個……這是在演哪齣？」

「抱、抱歉，我剛剛忘記跟你講『異能』的名字了。」他顯然也十分尷尬。

「名字？」

「對。應該說，對我們這些『控靈使』而言，它所代表的物種。」

控靈使就是在操控動物的靈魂及形象。記得白石櫻如此說過。

不過我剛剛也看到了，我的……物魂？動之靈？應該是某種鳥類沒錯吧。

再度致歉後，大概再也不會相遇的少年跟我說了『異能』的名字——

在那之後，我重新跌入回憶的洪流之中。

『它的**名字**、它最原本應有的姿態，是——』

——「亞克！就是現在！把意識拉出來！」

白石櫻的急喊讓差點失神的我拉回了意識。

無意間我和紗兒的手已經分開，我身體向後用力一扯，紗兒也和我做了一樣的動作。鮮紅和水藍的光流混雜炸裂並重重將我們雙方往後甩，要不是白石櫻及時以櫻花織成捕網接住，我們等會兒大概就要躺進醫護室了吧。

「我說你們啊……也太努力了一點。」

回過神，我和紗兒都滿頭大汗，比先前的體能訓練還要更加疲累。不過，彼此的臉上出於某些原因，都掛著有點感傷的笑容。

白石櫻自顧自嘆著氣，一邊彈指將幻之櫻花收回空氣之中。

「不過恭喜兩位，『異能』的初步控制，應該是成功了。」

我已經知道，我的「異能」基本上擁有「鷹」的形體。那紗兒的又如何呢？

原本纏繞空氣的能量脈流都已消散，也不清楚對方剛才究竟發生了些什麼。

「是……小狐狸喔，白色的。」坐倒在地上的紗兒靦腆笑著。

「欸？是這樣嘛？」

真是意外，我原先以為紗兒既然是從希萊絲分化得來的「異能」，那應該會是更加強大，或是說更抽象一點、足以毀天滅地啥的概念形體。

不過……「很適合你哦，紗兒。」
「嘻嘻，謝謝。」
「這麼一來，就確定兩位，都是『控靈使』了呢。」
白石櫻說出結論後掏出小簿子記了點東西，然後又有點奸詐的笑道：
「那麼從今後起，每天都要進行，魔・鬼・訓・練・哦。」
我扶起已經沒力的紗兒，雖然自己也差不多到極限就是了……剛剛那一陣「異能」為精神帶來的狂風暴雨，近期我可不想受第二次啊。
「至少先讓我吃頓飯休息吧——能有這裡特產的烏龍麵最好。」

††

不過日子總不會那麼平靜。
才剛從戰場模擬館搭車歸返，經過司令部大樓就聽見了氣急敗壞的爭鬧。
「發生什麼事了嗎?」爭鬧聲其實挺大，遠在一樓室外也聽得見。
倚在前座的白石櫻也只聳聳肩，我叫其他人等著，逕自打開車門並快步直奔到聲音的來源處，陳局長的辦公室愈來愈近，我也愈趨察覺事情非同小可。
彷彿在攪動周遭不安的濁氣，天色已晚的遠空傳來陣陣雷鳴。
陳局長辦公室的門是關的。我詢問外頭一名站哨的士兵，這個看上去相當資淺的菜鳥支支吾吾表示有五名自衛官大搖大擺撞進辦公室，接著直接就跟獨自處理公務中的陳局長吵了起來。

我沒等完他口齒不清的報告，用力一推步入聲躁充斥的空間。

「陳陸將，我們表示過很多遍了，**資產**和**人員**是需要分開的東西。」

「那我也已經講明，**她**不是資產，是我們珍貴的作戰人員。一再地強調，你們身為將官腦子應該沒那麼難使吧？」

「這——我們這邊可是費盡千辛萬苦，才把實驗資產護送回來的啊！你們特災局的這些人可該感謝我們才對！」

「我們確實感謝，也對於當我們撤離到日本時你們能提供這座基地作為後備指揮部而心懷感激。但我們也確實說過——我們不會把她讓渡給你們。」

一直樣做沉思貌的陳局長抬起頭，冷淡注視著面前五名不滿的自衛官。

「陳局長，發生了什麼事情嗎？」

「亞克？不好意思我們在處理一些公事，有事的話晚點再說。」

聽聞到我在門口說話的聲音，那幾名自衛官也頻頻轉過頭，認得我之後擺出了更加充滿憎恨與不快的神情。

「喂！就是你，袒護那個**人造人**的傢伙！」

這種嫌惡至極的語氣，連我都動了些怒：

「請問我怎麼了嗎？」

「還問怎麼了，你是負責監視那個人造人的吧？她是我們的實驗與研究資產，請你老實地把她交出來！」

「等一下等一下，研究資產？你是說紗兒嗎？」

看似是帶頭的一位自衛官叫囂道：「對！誰管她叫什麼名字，保有『它』的權力可是在我們這邊的，哪能容許你們一直拖延而不趕快轉交出來！」

「注意你的言詞，田中陸尉，不准對我的部下言出不遜。何況他的軍階是高於你們所有人的，請服從軍紀！」

陳局長大掌一拍，蘊含的怒意響徹整個辦公室，所有人都暫時靜了下來。

「呿，軍紀咧……誰有義務服從你這女人啊……」

那幾名軍官小聲嘟囔，陳局長顯然把它裝作耳邊風並繼續壓著話題。

「我已經陳述過很多遍立場。自從實驗與研究計劃本身在那場災變中解體、並且ＳＣＲＡ與日本這邊ＪＣＣＦ整合後，代號『紗兒』的人造人實驗體，就已經不再單單是你們**自衛隊**的資產、任何人的資產，而是身分自由的人員。我不覺得這有什麼難解之處。」

陳局長陣腳強勢，逼得自以為人多勢眾的軍官們也不得放軟態度。

「……恕我僭越，陳陸將，但我想這就是妳們作戰方針的問題了。要和ＡＩ無人機開戰並贏得勝利，這本身就根本難以實現。」

「難以實現？那難道你們是要永遠縮在這偏鄉僻壤嗎？」

「我們當然也想要有所突破，哼，誰不想呢？但如果少了對ＡＩ無人機的研究，好不容易得到**那個人造人**卻無所作為，這才是最大的敗仗啊！」

「我判斷我們已經對那些在東京橫行的無人機有一定程度的了解，再繼續主張紗兒是你們的資產並想利用她是沒有用的。」

我聽著雙方來回的交鋒，再加上之前白石櫻與琴羽所提到的內鬥跡象，大致看出了這件爭吵的些許端倪。

很粗略的來分，一派是想在做足準備後進攻東京的行動派；

另一派是想利用ＡＩ無人機、膽怯的保守派。

而保守派——亦即不久前在宿舍外撞上的那些人，將紗兒視為「資產」……

並且想拿她去做實驗。重蹈覆轍。

我捏緊拳頭，正準備加入爭論的陣列並阻止他們的想法，突然一聲熟悉的叫喚讓我從怒氣中短暫抽離。

「亞克……？」

我回過身，訝於眼前的身影。「紗兒，不是叫妳先待在車上等嗎？」

「可是我有點擔心……」紗兒悄聲說著。

彼時，我馬上感知到了背後不懷好意的視線，迅速轉頭並和那些剛才還在爭吵中的軍官對上眼。

他們的表情複雜，一見到紗兒便像是換了個人似地直指大罵：

「她就是那個人造人吧？為了你們著想，最好乖乖聽令！」

我將紗兒護到身後，以同樣不輸陣的強硬態度回擊。

「聽令，是要聽什麼令？到底想把紗兒怎樣？」

「那東西可重要的研究實驗體，你以為她是人類嗎？並不是！只要轉手給我們『善加利用』，你們根本不用打那群ＡＩ無人機打那麼辛苦！」

「我可是聽聞大家的共同目標應該是具體的行動、並在作戰擊垮無人機，哪時候變成要利用紗兒做實驗了？」

「你們外來的就是這樣，食古不化，除了利用無人機外是不可能戰勝的！」

「夠了，中尉！」

場面一度瀕臨破裂的臨界點，室內瀰漫一股緊繃的肅穆氣氛。

陳局長再次一聲令下，讓這些軍官咬牙切齒的閉起了嘴。我依舊用手架住他們與紗兒之間的間隔，隨時做好被暴言相向的準備。

這異樣的和諧不知過了多久。

也許只是幾秒後，琴羽領著之前待我們善良的自衛官伊藤徹陸佐，相繼趕到這個辦公室。

「大家都停一下，這種時候應該要團結才對吧！」

首先打破沉默的伊藤徹擋在雙方火藥味濃厚的空氣之間，勸阻自衛官這邊的人馬。他先是跟陳局長敬禮道了個歉，接著轉頭直接對上那些惡劣軍官的臉。

「你們幾個是怎麼回事？陳陸將的辦公室是你們能隨隨便便進來的嗎……」

那些原本不太服從我們這邊正論的自衛官似乎相對服從於他們的直屬長官，只見他們一個個都低下頭飄移著眼神。我們其餘人也就在一旁靜靜等著。

直到伊藤徹數度又向我們幾個致歉、並將那五名自衛官拽出辦公室後，我才鬆了口氣並放下舉到有點痠的手。

陳局長銳利的鷹眼追著那些自衛官的身影一直到他們消失於門口。

「剛剛的，就是亞克講過的，人與人因為一些小事的『爭吵』嗎？」

「差不多……就算是那樣。」

我語帶平靜。紗兒也不再多問，靜悄悄盯著剛平復不久的空氣。

剛剛那群人很顯然對紗兒圖謀不軌，不知她現在內心如何作想呢？

「紗兒，妳沒事吧？」

「嗯，沒事。亞克有保護好我。」

琴羽蹲下身詢問紗兒，少女也乖順答覆並讓琴羽摸著她的頭搖啊搖的。

老實說，雖然紗兒應該已經放下所謂「人造人」的身分過去，不過剛剛這火爆的場面不知道是否帶來了負面影響……

（嘛，看他們兩個這麼像姊妹般相處大概是沒事吧。）

「抱歉又讓你見笑了，亞克。」

陳局長解除了前傾的姿勢，靠回她的輪椅上。

「陳局長，剛剛那些就是所謂……比較不願作戰的保守派是吧。」

「可以這麼說。以前也和你說過，在你們接受完善的訓練和熟悉環境後，我們要進發東京並奪回領域主導權、一步步找出這一切背後的真相。然而那些人並不那麼想，他們覺得紗兒既然在過去是人工智慧的融合實驗體，那就理應擁有操控ＡＩ無人機或相關聯的能力。所以才一直非常極端的認為要把這個『資產』拿來好好研究才能得勝。」

解釋完後，陳局長又罕見地嘆了口深沉的氣。可能這問題已經困擾並分化著這座基地裡的大家很久了。

「那我們需要再更加警惕一點嗎？」我追問。

「在能力範圍內就好。他們講實在也不過是少數團體。有這裡的日籍司令官把守管理不至於強行亂來。還有什麼事嗎，亞克？」

「那……報告沒有了。我也是聽到爭吵聲才衝上來的，陳局長。」

「沒事就現在回去休整吧。你們大概也累一天了。」

陳局長沒特別過問我們的情況，揮揮手叫我們離開辦公室。

結果雖然稍微弄清了兩派之間的內鬥關係，不過依舊充滿著重重疑點。如此隱藏在這個聯軍大本營的人還有多少、散布在何處，根本無從知曉。

畢竟，這紛爭肯定也已經有段時日，並非我們兩個來到此地之後才開始這樣的爭論。

那為什麼他們可以如此固執的覺得紗兒是他們的「資產」？難道他們真覺得可以利用並控制ＡＩ無人機嗎？

不，也許也不是一定有什麼緣由。

或許他們純粹看我們不順眼。不論是特災局、還是基於我們的特殊身分。

他們很可能只是想要握・有・權・力。真是粗鄙。

「派系鬥爭果然……不論世界變得如何都會存在啊。」

「嗯？亞克你剛剛說了些什麼嗎？」

一同護送我們的琴羽聽見了我的自言自語。我笑笑敷衍過去：

「沒什麼。」

目前最重要的，果然還是要填飽肚子吧。

現在的我還不知道，在一個月後生活將會截然不同。

††

「欽亞克大哥，有跟你講過這裡有祭典嗎？」

「祭典？」

一個難得可以在宿舍放鬆的午後，也很悠哉的席奈和我搭話。

其實這個人天天都在放悠吧？

「對啊。在下個月初的時候。」

「是要祭祀什麼犧牲者之類的嗎？」

「不是啦，就是可以吃可以喝可以玩的那種祭典。」

「在這種時候？」

「對啊。」

「明明要戰爭了還要辦祭典？」

「每年都有捏。」

我傻住了會兒。「是有這麼和平嗎……」

「對啊。」

——於是一個意外的小插曲在我們的東京奪還作戰前。「一如往常」降臨了這個隱藏於末世中的避難都市。

企圖掩蓋無人機威脅的假想和平。

又或是這個城鎮的居民們，不願讓步、一年一度的唯一救贖。

「河口湖冬花火」。在如今制霸世界的ＡＩ還未毀滅世界無數人口前，這個以隔岸能見到煙火在富士山兩側綻放聞名、長達數個周末的的煙火施放節，曾是此環湖城鎮的驕傲。每年也都吸引了大量觀光客在寒冷的冬季前來朝聖，只為了在雪夜中一睹絢爛煙火的風光。

而雖然民生物資不容浪費，但想必「祭典」這回事比起物質需求，在人們心中是更加不可或缺的精神支柱吧。

支撐他們免於在災害後失去依靠。

因此櫻座臨時政府和特災局才會決定將其整合成為期兩日的「冬花火祭」。

「真是的，這種時候如此不警覺真的好嗎……」

「我也這麼覺得。」

「對啊，你們現在應該要算戰時狀態吧？」

「不過就只是兩天倒也不錯。」
「你到底站在哪邊啊喂。」
維特先是附和我隨後馬上反叛，真不知道是不是被連續幾年的祭典感化了，沒想到這向來冷淡的男人也覺得偶爾放鬆一下無所謂。
「話說，其他人呢？」
席奈大概已經自己偷跑，我也懶得問他的去向。
「女生組去換衣服了，日本有些祭典好像有穿浴衣上街的習俗。」
我搜索了一下自己貧乏的腦袋瓜。
「那不是夏天的那種花火祭才有嗎？感覺很冷。」
「所以理所當然穿比較厚啊。」
維特一副「你是笨蛋嗎」的表情看著我讓我無言以對。
冬花火祭的主會場位置離臨時司令部基地並不遠，就在沿湖往西過去一點的八木崎公園周邊。我和維特就邊聊邊沿著湖畔小徑慢慢走過去，此時也有不少人成群結伴往相同的方向靠攏。
暮黃的夜燈與鬧熱人群近在眼前。老實說我內心挺期待的。
過去幾周以來我和紗兒一直不間斷的做「異能」的練習，連同其他基本訓練，可說是一刻也沒得閒著，每天回宿舍第一件事就是直接撲上床當死人。

體能方面，確實是提升不少。紗兒也藉機磨練了更精熟的戰技。

不過要說「異能」方面，我這邊幾乎沒多少斬獲。

在白石櫻的指導下，紗兒操控「異能」的熟練度與日俱進，不只是因為「異能」本身就不錯強大，大概也與她身體的契合度有關連。雖然平時都是楚楚可憐的乖巧少女，不過也已被培養成了只要在戰鬥中切換人格，即更加冷酷精準的戰鬥機器。

相對之下，我就如幻境中那名少年所述、如千年的衰退所表示的一樣。

我的「異能」已經大幅弱化。

再怎麼汲汲營營的練習，我最多也就是能夠勉強短暫叫出「鷹」型態的「物靈」的程度。那是一隻由流動的火紅幻光組成的老鷹形體，雖然我可以短時間內自由使喚她移動、攻擊，甚至變換體型防禦，但也不過如此。

我感覺我根本尚未抓中「異能」的精隨。

（雖然平常能強化身體已經夠用就是了。）

而這樣的訓練結果，讓不甚滿意的我自顧自感到低落。此外連日例行的操練，應該也讓身體常不堪負荷的紗兒相當疲乏。現在來了一個能好好放鬆的時光，也許正合時宜。

因此不只是期待祭典的歡樂與熱情氣氛，更期待紗兒會如何打扮、享受。

還有當她打從心底展開笑顏時，會是如何的美景。

我和維特同行彎過一個轉角，與陰街道截然不同的景色撞進視野。

儘管二月初入夜的冬雪依舊寒氣逼人，但不分男女老少，看起來全城市的人都聚集於此，有說有笑。各式各樣的攤販傳來陣陣難以抗拒的香氣與歡笑聲。被暖橙掛燈渲染著的空氣，完全沒在理會湖風的冷冽，持續輸送著舒心的暖流。

父母牽著小孩，在小小的塑膠池中撈著金魚；情侶互依為伴，享受著同一支棉花糖；不論是年輕死黨或老相識，也都在打靶攤、炒麵麵包、祭典名物的攤位之間來回穿梭。

眼前的世界，構築了末日不會有的和樂融融景象。與這幾周以來總是一片雪白、裸樹堆疊的景色完全不同。

就好像全世界只有這一處微微亮著文明的光輝。

搞不好真是如此。

雖說還要約莫一小時才會開始施放煙火，可眼前的景色就已足夠令人雀躍。

「五年後第一次參加祭典，感想如何？」

「別說五年……這還是我這輩子第一次參加這樣的盛會啊！」

我雙眼閃閃發亮，明明都老大不小了卻還是像孩童一樣，對於這充斥著食物、玩具、人潮的氛圍感到興奮不已。

維特換上了無奈的笑容。「你以前的生活到底多乏味啊……」

「不好意思，我家小時候就就很窮好嗎。」

我回應維特無惡意的嘲弄，眼球依舊被光鮮亮麗的現實吸引著。內心也大致理解了，這樣的活動會有其必要性的原因。

「紗兒……會很喜歡的吧。」

這麼想的下一秒，一根小小的手指戳了戳我的背部。

鈴鐺聲輕響而起。

我轉過頭，面向被熱鬧盛會照亮的外道。

祭典本身就已經十分具吸引力。

但在那時間彷彿停止的凝刻，沒有東西比得過眼前纖細單薄的強烈存在。

「嗨，亞克，等很久嗎？」

「抱、抱歉，剛剛換得有點久……」

琴羽和小雪都穿著花色各不相同的浴衣向我走來，不過她們的招呼只成了朦朧的背景音。

此刻是紗兒一襲白的身影占據了我的眼球，與思考。

正值青春交會之際的少女身著從頭到腳雪白色的浴衣，小紋和服長度的袖擺加上了藍白漸色凸顯層次。

青與黑的花色條紋交織點綴並貼著纖瘦的身材，以純黑為基底的束帶更凸顯了少女的苗條。

梳理束起的銀白細絲紮著紅花髮簪，流蘇順著耳際輕貼後頸，在少女潤紅的臉蛋襯托下，顯出絕世而年輕的美貌。

紗兒手上拎著繫有黃白雙色鈴鐺的束帶小包，小手一抬便發出清脆的響音。

在祭典暖黃光的照映下，她羞澀的想避開我的目光。

但代表性的晶潤雙瞳卻反讓她眼中碧藍的無暇成為焦點。

「那……那、那個，我這樣穿，好看嗎……？」

這是一個不必多想的問題。

我卻被迷神得啞然難言。

「咦，呃……這個……」

維特首先平淡的分析道：「看起來是挺用心的裝扮過。」

「這是我們幫小紗兒精心挑選打扮的，你可要好好讚美一下哦。」

琴羽毫不客氣的命令，卻只讓紗兒臉又更紅了些，我彷彿看得到蒸氣與滴汗的卡通貼圖從她頭上冒出。

紗兒慌了手腳尖聲說著：

「人、人家是第一次穿這個衣服，不知道怎麼……」

「嗯……」

我有些困窘看著眼前可愛的純白少女，她也以寶石般的大眼回望。

「……很好看。」

我實在想不出其他語彙了。超級詞窮。

「就這樣？」琴羽挑釁般說著。

「很可愛啦！很可愛好嗎！」

「亞、亞克不太會誇讚女生呢，啊哈哈……」

分別穿著淺黃色與粉藍色浴衣的琴羽及小雪紛紛戲弄著我窘迫的詞語，我是既羞恥又感到十分的不好意思，不過也很在意紗兒對剛剛那些話的看法。

會不會直接臉紅到蒸熟了？

我再度轉向紗兒，卻預料之外的望見了。她先是露出訝異的神情。

接著那份羞紅化為我所看過最溫柔、最純真的笑容。

無邪的燦笑彷彿可以融化所有冰寒。

「謝謝。亞克。」

「嘛、沒什麼啦。」

我抓了抓頭試圖化解自己的尷尬，四周僅剩人群來回交雜的聊天聲，還有後頭兩人音量早已超越悄悄話的對話。

「琴琴琴琴羽姊這這這該不會是，所、所謂的戀……戀愛吧？」

「欸？妳這麼問我我也……怎麼說呢，比較向父女或兄妹關係吧，嗯……」

琴羽還真的十分認真地思考著這不必要的問題。

眼下的**戰況**，十分膠著。

（我要怎麼把自己從這份無敵的可愛中抽身呢？）人生好難。

我艱困著尋找著話題岔開：「話說，白石呢？」

「噢，她說她還有實驗要忙，就不來……」

「你們好。」

「唔哇——！」

穿著一身黑色浴衣的白石櫻冷不防出現在我們之間，手裡還握著一支蘋果糖慢慢舔著。琴羽的模樣就像是心臟快跳出來了。

「白石妳……哪時候待在那的？」

「五秒前。」

白石櫻淡然回道，並且沒有任何慚愧的意思。我眼角餘光瞄見了一枚不屬於這個季節的櫻花瓣飄落，白石櫻偷偷用穿著木屐的腳將其掃到一邊裝做什麼都沒發生過。

這傢伙肯定是用了「異能」瞬移的吧……

白石櫻左看看右看看，見我們都不動就又舔了一口蘋果糖。

「你們幾位還要，深情對視多久呢？」

就像一股名正言順的動力，我終於回過了到剛才為止都有點恍惚的神態，輕柔的牽起紗兒，往冬花火祭的方向轉身。

這一天，我只希望紗兒、希望大家能快樂的度過。

「紗兒，想去逛逛嗎？」

盤起白髮的少女再度展露笑顏：

「好！」

††

有些事情，真的要親身體會過一次，才能理解其中的妙處。

譬如這熱鬧非凡的河口湖冬花火祭，也許是，我人生中經歷過最歡樂的時光之一。

想必也是紗兒笑得最幸福、最無憂的一次。

攤販的叫賣聲、小孩子吵吵鬧鬧的追逐，都構成了眼下的「世界」。

我們在撈金魚的攤位上找到獨自挑戰著的席奈，但從頭到尾沒讓紙網破過、以極度敏捷的身手撈了一整桶金魚的他，讓我懷疑這是否還能稱作「挑戰」。

到了打靶抽獎的地方時，又聽說了琴羽曾經花費了最少的金錢就把獎品全部打走，因此被拒於門外的她只好可憐的看著我教紗兒玩打靶。

結果滿靶全中的紗兒又害店主人連續五年再度賠慘。

祭典將會一直持續到大型煙火秀施放完的一小時後，還有很多時間，我們一行人繼續在不同的攤位間游走、每個每個都是對紗兒來說相當新奇的事物。

在地的日本人們也都相當友善，聽聞我們是剛從外地來訪的賓客，每一個都二話不說塞了一大坨東西到我們手中。吃的、喝的、玩的、紀念品、意義不明的點券、布娃娃獎品，還有一堆大概在以前荒廢世界中見不到的東西。

要不是有同行的其他人幫忙分擔這些重量與消耗食物，那我們可能整整逛完一輪後就撐到飽死了。居民的熱情真是不容小覷。

這歡快的時光，讓人不禁懷疑我們是不是真的身處末世。

但少女的燦笑、夥伴的陪同，讓再次讓我重新意識到——

這就是現實。

不一定要多豐滿、也不一定要對應著那個大災害而悲戚。能擁有這些微小的幸福、懷抱短暫即逝的回憶，就足夠了。

也許這就是我所期望紗兒得到的「東西」。

哪怕，僅是短短的數小時。

遊園遊到後頭，大夥兒紛紛為了尋找自己的目（食）標（物）而一個個分散，剩下我和紗兒兩人。紗兒看起來也有些逛累了，我就幫她要了一支她剛剛一直嚷著想試試看的蘋果糖，散步到靠近湖邊的長椅休息。

「玩得還開心嗎？」

「嗯，很開心！」稚氣未脫的少女舔著透紅的蘋果糖回答。「等一下還要再繼續逛！」

「妳還真是有活力啊……」我都覺得我骨頭已經懶了。

不過也才逛不到一小時，而且等等還有冬花火的重頭戲，我可不想錯過。

盛滿生機的冬夜尚未入眠。享受的祭典的眾人都在等待著什麼。

稍稍遠離城街會場的這個湖畔，在晚風吹拂下顯得寧靜。

「快要……回戰場了呢。」

「是啊。」

盤起的髮絲飄盪，紗兒畏寒地縮了縮身子。

來到這座城市之後的一切猶如白駒過隙，一個月的時間與密集訓練就此匆匆流逝。再過幾周，我們就要重返戰場——離開這個被結界徹底保護的安全區，回到外頭危機四伏、比生活數年的家園故土還要更充滿未知的東京市區。

據白石櫻所述，東京都內應該有四種ＡＩ無人機存在，也就是日本自衛隊最初研發的無人機。比起以往交手過的美軍無人機，單體或許較乏危險性。

但美軍的任何量產型，有可能都鬥不過其中一架日本自研的「怪物」。

【貓妖型】機動游擊能力。

【守鶴型】飛行擾亂能力。

【大蛇】極巨範圍破壞力。

【九尾狐】ＡＩ統御力。

（後兩者，有可能是最大的威脅。）

雖說眼下是和樂無比的祭典盛會，但依然忘不了這些令人不安的事實。不過我們所有人，似乎都已經為了將到來的那一天最好準備。

不管是軍備的武力上，還是心理層面上。

「亞克，你還好嗎？」

見到我一臉苦悶，紗兒悠悠望了過來。我急忙掩飾自己不合時宜的思考。

「沒事沒事。話說紗兒我一直想問，幾週前我們第一次呼喚『異能』時，妳看見了什麼？」

如果說與「異能」的共鳴時必會墜入回憶，那紗兒應該也經歷了那過程。

「我想想……我看到了很痛苦的記憶，但是，很溫暖。」

被紅花髮飾點綴的少女頓了頓，食指捻著下巴輕聲回想。

「我那時候掉進某人的記憶哩，看到一片的白雪與森林，有個紅頭髮的女孩帶著一群很可愛的雪狐在樹林間奔跑。然後她看見了我。」

我沉默，聽紗兒娓娓道來這對她來說不可思議的經歷。

「可是她並沒有朝我走來，只是停下了腳步站在原地微笑看著我。接著一陣很強的風雪吹過，我再次張開眼睛時，她身邊那些小狐狸都不見蹤影，女孩變高了些、頭髮也染成了純白色，而且……她流血了。

「我好想幫她，她看起來很痛苦，可是我卻不知道為什麼動不了。雖然她臉上依然是……那個笑容，看起來好哀傷、好孤獨。」

我彷彿能看見那畫面。

狂風肆虐，少女獨佇於染血的荒雪之中，笑著。

「我只能大聲的呼喊她、引起她的注意。我覺得她一定有看到我，只是她似乎不願意讓我前去幫她。她搖了搖頭，依舊十分悲傷的微笑著。然後突然之間，眼前的雪地、女孩、樹林都不見了。我一句話……都沒能傳達到。那時候就連我也覺得心好冷，好冷。直到我好像被轉移到了另一個白色的空間。」

「那個空間中有些什麼嗎？」

「原本是沒有任何東西的。不過後來一隻白毛色的雪狐跑了過來，我不知道是不是那個女孩身邊的其中一隻，但那隻小白狐很親暱我。我那時覺得，牠應該就是我的『異能』了。最後，那隻小白狐變成了藍色，化為像是幻影的型態後融合進我的……怎麼說呢，靈魂中吧，哈哈。」

紗兒低下了頭，不知怎地有些落寞。

「就在那時我感受到了……那個女孩的心意、舊世界的記憶，有一種令人不捨的情感，不過也很……溫暖。之後我就被彈出來了，也得到了『異能』。」

紗兒講的過往——回憶中的紅髮女孩，是不是我夢境中瀕死的少女呢？

聽她追述完這段故事，我不禁暗自想著兩者在千年前的過去的關聯。

「吶亞克，你覺得回憶中的那些人，在以前的世界經歷了什麼呢？」

紗兒反問，雙眼凝視著祭典的人潮來回流動。

有人曾告訴我那個「舊世」已滅於一旦。

想必紗兒也透過「異能」記憶的傳承知情了。

那麼**他們**的末日與**我們**的末日，有什麼異同呢？

「我想一定是，雖然留有遺憾但精采的人生吧。」

詢問著，被遺忘的空氣。

當人欲求望穿過去，伴隨的往往都是不願見的傷悲。

我曾夢見了不屬於我的記憶、一段難以釋懷的神話。隨後更在「異能」的回流中，體悟到那份惆悵與力量傳承的遠古感。

紗兒也置身在了相似的情景之中。

只是受到的情感衝擊似乎又更深一些。

我拍拍臉頰振作，正好琴羽和第一指揮組的其他人也都陸續歸來。

「兩位玩得開心嗎？」

「還不錯。」

「原來你們都窩在這裡。」

「亞克大哥都不去撈金魚，真可惜～」

「金魚都被你撈走了吧。」我吐槽早就讓撈金魚攤老闆破產的席奈。

難得的一天，難得的一個夜晚。我們有說有笑，就像是大災變尚未發生前的昔日般正常。

「啊，對、對了，是不是快到煙火施放的時間了？」

一經小雪這麼提醒，我也趕緊看了看錶：「對耶，都七點五十九了……」

「說起來，白石小姐呢？」

「她先回去了。這次是**真的**先回去了，應該不會又突然冒出來。」

我不由自主左右顧盼了一下是否有櫻花瓣的邪惡蹤影。

「嘛，總之現在我們就好好等煙火秀開始吧。」琴羽這麼說著。

不知該說歡樂的時光過得是快是慢，不過意外地從我們會合到現在，也還沒超過一小時。時間，才剛來到整點的指針併合之際。

有那麼一瞬間，全場的群眾都靜了下來。

而也是同個瞬間，一聲『咻————』的長鳴劃破蒼空。

一叢彩色的火鞭直衝雲霄，迸然炸開。

第一個點亮夜空、揮去寒意的，是金黃燦放的花火。

接力在後，一個又一個的煙花從三個不同的地方向上施放，頓時擠滿了原本晴澈少雲的星空。

亮幽的紫藤花開、深蔚的海藍光刺、叢叢的綠色斑點、火紅的晚夜灼陽、彩色的璀璨火花；圓的、扁的、依序零散爆開的……

在湖面上空雲底炸開冬花火，展示著各式各樣的絕美姿態。

彼時此刻，我們頭頂上方的暗空被無比美麗的冬花火團團覆蓋。

所有人都盯得目不轉睛，周圍有些人歡欣鼓舞、有些則靜靜享受當下。

對我來說，這不是我人生第一次看到煙火。不管怎麼說無論遠近，以前都已經看了許多年的臺北一〇一跨年煙火，有東西在上空爆炸並不稀奇。

但零下四度的煙花，漂亮程度更勝那聖誕樹般的高樓。

此時的紗兒，應該也是相同的感想。

「好美……」

第一次見到煙火的紗兒，眼中倒映著一個個花火所綻放出的光彩。她雙手貼住欄杆，禁不住內心的鼓動，將所有被打上到高空的煙花盡收眼底，並發自內心讚嘆著這幅山水與光火交織的絕景。

那最為天真而誠摯的笑容，就連身上打扮別緻的浴衣都相形失色。

（這樣，也就好了吧。）

雖說明天過後，就又要回復日常的操練、即將面臨戰場。不過就這麼一夜的小確幸，還有這場活動帶給紗兒的快樂，是值得了。

突然間，我不知怎地，想在這片冬日的亮彩景致下，對紗兒說些什麼。

但卻找不到該出口的詞・語。

冬花火祭的主打星持續閃耀，聽說這會連續施放二十分鐘。

但煙火中不自然的裂痕，打斷了我的思緒及對後續的期待。

「那是……」

不是裂痕。那遮住煙火的黑影分化成數不清的黑點，背著煙花明亮的光輝而愈變愈大、愈變愈多。

正當我們都還在納悶之時，整座城市響起了尖銳的警報高鳴。

「怎麼了──」

『櫻座全區域注意，正東第二結界陣面已失效，已偵測到無人機入侵，請所有相關人員立即避難；重複一次結界已經失效並有無人機侵入都市，請所有相關人員立即依照指示……』

化為黑夜中的陰影遮住煙火的東西，高速往人潮聚集的方向殺來。

（怎麼有這種事──）

原本和樂融融的放鬆祭典，霎時開始充斥人群們不安的騷動。

琴羽當機立斷給予指示：「維特，到公園東側協助疏散；小雪、席奈，你們到西側！」

「「「收到！」」」平時的訓練有素，此時都顯現了看家本領。

「亞克抱歉，我也要到另一邊協防，把紗兒帶到安全的地方。」

「沒問題！」

第一指揮組的大家相互點點頭，隨後分頭穿越混亂的人潮。

警報中所說入侵的ＡＩ無人機應尚未抵達地面，群聚的人流也不至於過度慌亂，都乖乖配合著趕到的軍官與其他人的指揮逐步疏散。才剛這麼想著——

說時遲那時快，一架超高速衝刺而來的機體殺進我的第六感。

我將紗兒甩到身後，以不輸對方的速度迴身並大力一踏站穩重心，十分驚險地徒手拍住直直刺來的尖喙。急躁擺動著鋼翼的不明來犯者有一副大型鳥類的身驅、協助飛行的渦輪，以及一雙血紅色的機械眼球。

表面上見不到任何其他的殺傷武裝。

但是，這架「無人機」顯然來勢洶洶且敵對意識濃厚。

「嗚……這就是……『守鶴型』嗎？」

就像要回答我的猜測。「守鶴型」銳鳴一聲硬是撬開我雙手的囚牢，運轉著渦輪馬達跳到前方的一棵樹上。它沒有馬上攻擊，只是直勾勾地盯著我們。

而這段角力的期間，更多的鶴群接連攪入了逃散的人群中。攤位被迅捷的攻擊衝毀，人們原本攜帶的食物、鞋子遺落一地，景象有如噩夢再現。

我想回過頭幫助其他人，但卻無法忽視眼前隨時會啟動的「殺意」。

「紗兒，妳可以叫出你的『異能』嗎？」

「不、不行，從剛剛開始就叫不出來……！」

「絕糟的時機點啊……」

我冷靜應對，但現況我們卻都頂多只能靠著反射能力和戰技勉強應付。尤其我身邊只有一把手槍，紗兒更不可能持有任何武器。
數秒，彷彿數分鐘般漫長。
不過收起雙翼的「守鶴型」卻沒有要攻擊的明確跡象。
「現在是怎麼了……」
我思考著是否該主動突擊，憑著速度直接打斷它的電子神經中樞。然而，在盯著我們好一陣子後，守鶴動作了。
它微微偏著頭看向紗兒，前傾並發出了「咕咕」的低鳴。
我持續警戒，抓住任何它想展翅飛翔的徵兆。
但一直不做出攻擊動作的鋼鐵白鶴，眼球從血紅轉為深幽的藍。
「亞克，那架無人機它……」
「我注意到了。」
樹梢上的無人機繼續和我們作無聲的對視，也不知過了多久，它張開長長的鳥喙鳴叫數聲，便逕自飛向天空，拍拍屁股走人。
短暫結束這場令人一頭霧水的「鬧劇」。
「怎麼回事……沒聽說過暴走後的無人機不會攻擊人類啊。」
我回想那架「守鶴型」最後的眼神。那是不具威脅性、溫和的藍色。
除了第一次衝過來時的殺氣，它好像根本沒有要殺掉我們的打算。

「到底……是怎麼回事……」

正常來說，當那噩夢般的一天，ＡＩ主機遭到複數指令斷線意外而未能覆蓋ＡＩ的自主判斷行為之時，全球搭載人工智慧的機器就已全數暴走，包含軍用武裝無人機。並且，直至今日。

但剛剛的那架「守鶴型」投射過來的視線，與其說是威嚇……不如說，更像是好奇與「試圖理解」。

隨著一度要殺死我們的無人機離去，大批挾著風行雷厲之勢奇襲櫻座的「守鶴型」，沒有再做更多的破壞與殺戮，就此消失在黑夜的枯空中。

人人期待的冬花火早就被迫中止。

會場的攤商與路面一片狼藉。

琴羽和其他人依然忙著疏離驚慌的人群。

湖上的夜晚也顯得鬱氣沉重。

但是根據之後的報告，雖人民眾都傳出輕重不等的受傷，但無人在這起意外中因「守鶴型」的攻擊死亡。研判狀況，可能為「守鶴型」無人機誤闖了保護著河口湖「櫻座」都市的超巨型電子屏障。

並且，沒有要殺傷人類的「打算」——這通常是不可能的事。

而這也逼使聯軍高層決議提前展開奪回東京的作戰行動。假使再讓ＡＩ無人機闖入一次，那或許就不會是「死傷者零」如此幸運了。

那個曾被煙花照亮的一夜，這個世界很幸運並沒有變成煉獄。但原有的和平生活已被打亂。

情勢，刻不容緩。

不論是必須盡快發掘無人機暴走的真相、還是協力奪回日本的首都，亦或要盡早開始重返臺灣的征途，進而把世界接回正軌——

都刻不容緩。

【間章】一架無人機的視角

日本國東京都新宿區。在紀錄中，此地是這個人類「國家」的首都。

同時，也是數一數二會有最多人類出沒的地方。不過由於之前的「清洗」，雜草破土而出的白堊街道上不可能有任何人類的蹤影。

現在的地球季節是冬季，二月。早晨方才破曉。

冬風雖寒，但並不會影響到ＡＩ無人機的行動。不像人類那麼脆弱。

而且根據氣流與濕度判斷，今年，也就是二〇三三，回暖較早。

高樓聳立、架高的磁浮列車管道穿梭於灰色叢林之中。

在這複雜的荒廢城市中，每架無人機都有自己該把守的區域，有可能成群結隊、有可能最少數量的例行巡邏著。

儘管人類早在幾年前就徹底消失。

然而，前幾天往西一百公里進發的「調查」，讓它們久違地看見正常生活中的人類。它們被命令只做一定程度的「衝突」及「接觸」。

之後，就再也沒有任何後續指令。

一架「守鶴型」孤伶伶立於生銹的鐵軌上，原用來保護列車行進的磁浮近真空管道已經破裂不堪，基本僅具備讓列車慢速通行的能耐。

而這架「守鶴型」身為比較有族群意識並被人類組織「自衛隊」研發量產的無人機型，它因早些時間前振翅不小心拍到同伴致使其神經短路，現在被「族群」暫時放逐，亦被拔除了環境感測元件作為懲處。

雖然感受不到何謂「難過」的情緒，但理所當然，也感不到「開心」。它只好獨自一機在處處碎裂、爬滿藤蔓的都市中滑翔。

聊勝於無。它一邊滑翔飛行，一邊比對著【資料數據：東京都】的地圖資訊，想理解這幾年地圖的樣貌與電子腦記錄中的差別。

它覺得自己這個行為很愚蠢。AI無人機不需要不必要的學習。

不過說不定還是有更新地圖數據的作用。

守鶴持續飛翔。待在高空的視角，也讓它發現了這座城市的鐵軌數量多得異常，有些甚至是不存於記錄中的地下通路。判斷有可能是舊鐵道系統。

為了「一探究竟」——在自己的詞語中是偵查巡邏，守鶴在有些斷裂、有些鏽蝕的長長鐵軌上降落。渦輪蒸氣鋪灑的熱風使機體不至於被冷天氣凍著。

這條原磁浮列車鐵路是建構在舊線路上的新管道，但中間依然隔了厚厚的地基鋪面。它用尖喙刺了刺布滿碎玻璃的水泥軌面，果然刺不穿。除了鐵軌上玻璃落石被翻動的喀啦聲，它目前找不到方式進去底下被探測到的鐵道線路。

【守鶴 tsu-098_ 請求地物破壞支援，座標＿＿＿＿】……

剛想對同伴發送請求，卻想到它現在還是被放逐狀態。

「守鶴型」並未感到沮喪，畢竟沒有這個「功能」。只是一時的求助無援讓他花了比平時還要多上幾秒的時間「思考」。

還是，離開這個鐵道去別的地方好了。

守鶴如此判斷，拍了拍銀色的翅膀準備設定目標航向。

此時一個像是從遠方傳遞過來、十分輕微的震動引起了它的注意。

這不自然的震動，又加上了好幾年從未聽過的氣笛聲。

【人類陸上交通工具：列車】。在鐵道上，這是十分合理的判斷。

不過列車怎麼可能**被開動**呢？

這片都市區域已近五年沒有任何除了它們AI無人機以外的「機械活動」，而且人類的交通工具照理來說全都已淪為廢鐵，不可能運轉。

但再次的交叉比對，依舊跑出了同樣的結果。

有**人**，在駕駛著**列車**這個交通工具。

落單的守鶴急忙抬起視線，卻不見任何與【列車】特徵相符的東西靠近。

然而震動卻愈來愈強烈。

【警告，人類入侵。座標「不明」】

「守鶴型」火速報告，但在AI無人機的傳話網路中，沒有人回應它。

【警告，人類入侵。無法定位座標。】

它再次發出警訊，卻得不到任何回應。

破風的高鳴逐漸接近，鐵軌持續震下廢墟殘渣。守鶴掃視著遠方筆直接入「車站」的鐵道線，依舊沒有任何來犯者。或是說，列車。

這時，它才警覺它忘記用視覺元件檢查背後。它拍了拍翅轉過身。

一輛過了彎的高速移動物遮蔽了原本該存於面前的視野。

這也許是這架「守鶴型」第一次，**似乎**感受到了「無奈」這種情緒。

它從沒料想過會被殘暴無比的交通工具撞成鐵渣。

【第五章】　東京・幻想

──「就讓我們進入正題吧，諸位。誠如昨日的那場大混亂所表明的，我們無法再繼續等待下去。五年之內，我們的猶豫不決已經喪失太多機會，讓首都圈的情況變得比那時候還要更加危險。而這部分是我個人的失職，在此賠罪。」

在眾軍官面前嚴赫揚武、白髮蒼蒼卻坐姿堅挺的陸將，名為織田信作──亦即日本臨時政府與自衛隊的三軍統帥，也是此地發言權最大的司令官。

在經過了「守鶴型」襲擊的事件後，所有的相關人士馬上緊急召開了行動前會議，為了早就決定好的「東京奪還作戰」做最後的戰術討論。

包括ＳＣＲＡ第一指揮組、我、紗兒、白石櫻、ＪＣＣＦ的部分高位軍官與自衛隊代表，都列席於只有長方大螢幕泛著藍光的戰情室。

這場會議不僅是因為前日的「失態」刺激，更重要的在於擬定作戰方針。

還有，在能力許可範圍內，找出無人機的「可能性」。

「因此我與特災局的陳陸將共同決定，提早本次作戰的時間。我們將會在後天凌晨七時零分展開部署，實施作戰。煩請諸位配合接下來的討論。」

與會的眾軍官都點了點頭，織田信作接下去以宏亮的嗓音說明：

「今次的作戰，我要求諸位做的事情十分簡單：擊斃那些該死的『叛軍』無人機，重新拿回東京市區的主導權。有可能各分部皆有被分配到不同的任務或特殊戰役需求，但我不管，只要緊緊貼著作戰打，要怎樣變通隨你們！幾年前那全是我們自己搞出來的ＡＩ無人機實驗，不過是『不小心』放走了它們，導致那些機械暴走。不是沒碰過的敵人，我相信諸位可沒有打不過的理由！」

織田司令官果然一如傳聞，是個老當益壯的鐵將。

在尚未熟悉河口湖這邊環境的那段時期，常邀請我們一同共進吃飯的伊藤徹就和我們講述了這名司令官的豐功偉業。

聽說，五年前的「大災變」，也是由織田信作主導戰勢。

當時他以成功但代價昂貴的撤退作戰，讓自衛隊多數兵力得以保存並聚集於這座地底都市「櫻座」，並彙整與ＪＣＣＦ的雙邊兵力。

隨後，他當機立斷封鎖由外進入的單向通路，和剛撤退過來的臺灣ＳＣＲＡ啟動了都市的防衛系統並收容大批難民進行紓困。

之後，一直以鐵之紀律鞏固著這邊的軍事力量，堅守至今。

我那時只覺得，他可真是個深謀遠慮、膽大而心細的正直武將。

「諸位日前的訓練絕不是白費，我們也不是天天都跟著假想敵靶機玩玩的。現在，機會終於輪到我們這邊，且望各位能在作戰時遵從軍階分級的指示，並謹記敵方的配置資訊和行動方針。白石二等陸佐。」

「是。」由座位輕盈站起的白石櫻披著一貫的白袍，拿著雷射筆遙控器示意在場的大家面向螢幕。

「就我們所知，東京市區內現在，分部著四種類的AI無人機。幸運的是，我們對它們的機能、武裝，瞭若指掌；諷刺的是，這些無人機全出於自衛隊之手。雖說，大部分還是美國那邊的全球主機，出問題導致的後果，但我們最起碼也必須殲滅眼下的，威脅。或是，某種程度上的，驅逐它們。」

會議室除了投影機的嗡嗡聲，只有焦躁而自責的沉默。

但是解鈴乃需繫鈴人，自己造成的爛攤子不能不收。

「這四種類的無人機，分別為『守鶴型』、『貓妖型』、『大蛇型』、『九尾狐型』。『守鶴型』和『貓妖型』，都以群體移動為主，雖說單體威脅不高，但兩著皆有高超的機動游擊能力，以及，擾亂軍陣的能耐。尤其前者更有電子戰能力，可以干擾我方的通訊，與電子設備，還請各位小心應對。」

感覺起來。「貓妖型」就和之前常遇到的美軍「獵犬型」十分相似，不過現在螢幕上顯示的數據資料可以分明，其體型相對是更嬌小的。

既然如此，大概就是以量取勝的機型——我在腦海中默默構成了許多的應對戰略。

「再來，是『大蛇型』。自衛隊初期生產的此型號，只有兩匹。然而，每一匹都有極高的範圍破壞能力。它們移動快速，能在地面下與高樓建築間，做多維度的鑽掘移動。屆時如果真的遇上，還請交給特災局的專業戰鬥人員應對。你們一般士兵是打不過的。就連特災局的人，也不一定。」

白石櫻若有所指朝我和紗兒的方向瞥了一眼，我也意會到了她的想法。

回到投影幕，白石櫻輕按遙控器切換下一張。

剩下一種還沒詳述的無人機型——「九尾狐」。

「AI無人機『九尾狐』。除非那些人工智慧『想』出了，量產的方法，不然全日本、全自衛隊就僅僅只有造出一匹，也就是現在於東京某處遊蕩的，那一隻。其體型比公交巴士還大、比任何我們的機械載具還要靈活。並且，十分擅長全方位的掃射攻擊，與堅不可摧的誇張防禦力。此外，它甚至能領導其他無人機。」

在會議室的昏暗中，我卻能清楚看見白石櫻瞇起的細長黃瞳。

「如果不慎遭遇，還請立刻全力**避戰**。」

白石櫻在報告的最後拋下十分簡短的結語。

眾人又陷入了更深的沉默，白石櫻結束了「九尾狐」的虛像投影，回到我隔壁的座位靜待織田信作繼續主導作戰會議。

（這或許是……最難纏的對手了。）

在織田司令官繼續詳述行動概要之時，我絞盡腦汁生成無數種「可能」對付「九尾狐」的辦法。然而每一種，都只通向一條死路。

不是我們幾個菁英陣亡而敗退，就是全軍覆滅。

但正當我還不專心於會議時，白石櫻貼到我身旁悄聲而語。

「亞克。」

「……？怎麼了？」她鮮少直呼我的名諱。

「關於那個九尾狐的事。」

「喔。是要我們盡可能避開戰鬥對吧。」

她直率點點頭。

「能避免發生衝突，是好。但如果真的遇到了牠——」

——請睜大眼好好看著牠。白石櫻如此告知。

還無法馬上理解這句話的涵義，心神就被織田信作渾厚的說話聲拉回了會議桌。

白石櫻也沒再繼續搭話。

「今次的作戰行動，會以ＳＣＲＡ貴單位的專業人員們為主體進行布局。職位分配表皆已傳至諸位的數據資料庫，還請善加確認。」

「以我們為布局」，也就是說現場指揮權在我們特災局手上。

雖說老早就知道陳局長與這位司令官研議想善加利用我和紗兒的「異能」，還有在臺北末世生存四年多的經驗來打頭陣。

而我們也確實更加了解ＡＩ無人機的行動模式與對應方式，同時更有其他人所沒持有的**價值**。

但這給的指揮權也卻相當闊綽。

尤其當我啟動每個人都有配戴的耳際通訊資料裝置，並看到我和紗兒的職位時，不禁深深懷疑那些潛在的「保守派自衛官」們，是否會信服於指揮。

第一指揮組包括琴羽、維特、小雪都是內勤的指揮監控與分析員；我和席奈則分別是「戰役現場指揮官」、「戰役行動分隊長」。

年紀輕輕的紗兒也是「戰役行動分隊長」。沒有軍階。

（這真的沒問題嗎……）

「亞、亞克，我是這什麼……分隊長啊……」

連紗兒自己都覺得難以勝任。

但可惜現在這節骨眼，只能拿出多一點自信了。

「沒事的紗兒，妳一定可以做得很好。」

我伸出大拇指比了個讚，但感覺根本沒安撫到她受傷的小小心靈。

「最後，還是提醒諸位，我們這次不會使用飛行載具進入東京。」

「報告司令，為何不使用呢？我們也只有這個選擇吧？」

其中一名自衛官提問，怎知卻惹來織田信作一陣怒火。

「傻子嗎！用飛行器鐵定是馬上被打下來，別說東京古早以前還可能留存並被控制的地面防空了，尚未進入東京我們即會馬上被那群鐵鶴撞成蜂窩！」

「那……那我們要用的方式是……」

「今次作戰的突入，我們會使用鐵路。」

織田信作緩頰解釋。「搭乘特別打造的特急裝甲列車，我要諸位帶好你們的軍用品與武器裝備、帶好你們準備重奪家園的那顆戰鬥之心，由中央線一口氣直衝新宿站，輾平軌道上任何的鐵塊機械，然後撞了這輛列車。」

在座包括我，都被這「進城方式」嚇得目瞪口呆。

日本鐵路確實應該還能運作但……

（這是什麼有夠詭異的狂戰士突擊法啊！）

而且剛剛不是才說交通載具毀了作戰就無效了嗎！到時候怎麼回來啊！

然而這名威風凜凜的蒼白老人沒有給予任何反駁的機會。
「現在宣布，東京都列車作戰，即刻啟動——！」

††

然後現在我們全數出勤人員，快被這粗魯的列車搞到吐出方才的早餐。
「大家還……好嗎…………」
「亞克……我覺得……不太……嗚……」
「喂喂，我們剛剛是不是撞到什麼有點大的東西？」
唯一從暈眩的搖搖車倖存的席奈，看上去十分健康地驚呼道。
「不是說……有東西就會直接撞開的嗎，這可是高速裝甲車啊……」
我們現在，正搭乘著時速超過五百公里的怪物級裝甲列車前進。
雖然因為少了磁浮軌道的真空管而達不到最大速度，但沿用一般鐵軌設計的列車依然如超長條的巨型節肢動物在軌道上超快速地攀爬著。
「話說他們就……沒擔心過某條鐵路在中間斷掉嗎……」
都過了這麼久，因為風吹日晒年久失修而斷裂也是正常的吧。
未料席奈卻一派輕鬆的回答：

「反正突然脫軌，跳出去就好啦。」

「不要拿你的敏捷和……我們比啊……」

列車持續以驚人的速度穿梭在一棟又一棟的房屋間。車窗外的景色全都成了殘影，不過還是可以發現周圍的建築愈蓋愈高、撞上的不知名物體（可能是倒楣的無人機）也愈來愈多。

但這依然沒有停下列車前進的「輪步」。

眼看目的地似乎即將逼近，就連席奈也有點緊張了起來。

「啊那個，亞克大哥，我們不踩煞車嗎？」

「你問我……」

我不知道煞車在哪裡啊，這貨有裝煞車嗎？

「等等……」

我環視了一圈，但除了早就東倒西歪的戰鬥人員們與因為沒必要所以被簡化到極致的灰色車廂內，沒有半個看起來像「把手」或「拉桿」的東西。

真・的・沒有煞車啊啊啊啊！！！

『亞克你們還在幹麼，快把列車降速啊！』在遠端監控的琴羽急叫道。

「這火車……沒有裝煞車啦！」
『什麼!?』
「我──說──」我對著通訊器大喊。「我們找不到煞車！」
『蛤？？怎麼可能？』
「要不然妳來搭啊……噁……」
過快的車速讓我又更想吐了。
『你們離新宿車站只剩一千兩百公尺了！』
「我知道！我……知道！」
我跌跌撞撞跑到火車前頭乾淨得根本不像「車掌室」的地方，再次環顧四周後，嚴重懷疑起了織田信作是不是真的忘了給這輛列車裝任何操控系統。
「哪有人這樣造火車的……」
『八百公尺！』
終於，我在非常非常隱蔽的角落找到一根大拉柄。應該是手煞車無誤。
「後面……各位，抓穩！！」
琴羽持續報數，『五百公尺，亞克！』
席奈夾住扶手並緊抓紗兒保護她。
其他「乘客」也攀住了離他們最近的固定物。

我看著眼前緊縮的鐵道景觀和快速逼近的車站，抑制吐出東西的衝勁，狠狠將拉柄往下一扳——

裝甲列車發出尖銳的咆哮聲，輪子與軌道磨擦出暴閃的火花。

我被緊急的減速甩出，直接撲上車掌室最前面的玻璃窗。

琴羽口中報出三百、兩百、一百公尺。但是這麼短的距離，根本煞不住。

我翻身倒進原來的車廂。「準備接受衝——」

普通的狀況，這叫列車進站。

會伴隨『叮咚』的輕鬆音效提醒睡得太爽的乘客醒來，準備下車。

現在這叫做撞・軌・事・故。不用音效我們也會被搖醒。

並且可能會被「強制下車」。

這輛「特急」保持著每小時兩百公里的速度，一頭栽進了被舊雨淹沒的新宿車站激起大片水花。軌道與鐵輪間發出『嘰————』的尖銳磨損聲，還在行駛的列車又撞上了前面同一條軌道上停放的報廢火車。

『『磅——！』』

因為擦撞的角度差，我們的列車直接脫軌並在粗糙的地面上瘋狂滑行。無數的碎石與水泥被噴飛，這輛交通工具的裝甲也被削去了一大半。

直到我們的火車頭都險些要「出站」了，狂暴的列車才終於，停了下來。

砂塵漫天飛舞、水紋漣漪波波。

破損的裝甲列車掀起了一大部分的地皮和月臺，倒在沒有人煙的軌道。

所幸，列車的內部至少都還是完好的——應該。

『各位……那個，都還活著嗎？』

一段時間的停頓後，琴羽在通話中一副不知道該不該問的樣子答腔。

我從傾倒的軍備品中爬起。

「咳咳……還、還活著，生理層面上。」

我回頭確認，隊員們在車廂內躺了一地，無不發出驚恐的嘆息聲。就連護著紗兒的席奈雖然都沒什麼大礙，但臉上也是掛著同樣的一副表情。

『亞、亞克他們到達了嗎？』

『看樣子是成功突入了。可惜沒有死。』維特嘴酸回應小雪的擔憂。

我靠著車廂門坐倒在地，紗兒應該是快倒胃了，她十分掙扎的嗚著嘴巴，眼睛已經成了暈眩的轉圈圈形狀。

（這種經驗，大概不可能有人想體驗第二次吧……）

不過不管怎麼說，我們成功進入東京、到達新宿站……內部了。

「我說，亞克大哥……」

「什麼？」

通常擁有高環境適應力體質的席奈，也忍不住一個字一個字怨道：

「我可以……先去廁所吐一回嗎？」

††

就算過了五年的光陰，新宿車站依舊是東京最錯綜複雜的車站之一。

尤其在舊都營鐵路、ＪＲ系統、新型磁軌輸運的匯併整合後，數十條直向橫向的人行道、地鐵軌道來回交叉，方向指示層層堆疊，儼如迷宮。

此外長年未打理環境與大災變造成的破壞，更讓不少天頂破碎坍塌、封堵出入口。如果不是有熟悉這部分地域的隊員帶路，我們恐怕根本走不出這車站。

來到車站東南口，我先派席奈上去偵視周遭敵情，在他打了個信號表示沒問題後，引導著紗兒和其他隊員一個接一個迅速出至地面先行尋找掩蔽。

被遺棄的東京，成了大自然蓬發的新巢。

「這裡真的是……新宿嗎？」

我在這個世界還「正常」的以前確實來訪過日本數次，也常常要到東京拜訪相關機構與達官顯要。

那是個擠滿了人潮，ＡＩ與人類共同生活的經貿娛樂大都會。

地鐵日夜不停的移動、十字路口總是人滿為患。夜晚的霓虹燈，照亮那些不願歸家的公司白領階級、放學後的女高中生們。

「沒想到過了這麼久，已經變如此了呢……」一位曾居東京的隊員感嘆。

「該怎麼說——真是壯觀啊。」

連紗兒也不禁深深著迷：

「好漂亮……」

象徵文明之影的玻璃帷幕、鋼筋水泥，全被無視季節冷颼的綠意取代。

青苔與藤蔓伸入ＪＲ新宿站與附近大型建築物的所有角落，柏油路面龜裂，頑抗的青草破土而出並布滿整條甲州街道，一路向下延伸到青藍天際的盡頭。

在我們腳下，大面積的陸地因風化而塌陷，碎入底部被流水積窪的車站地下樓層。那些曾經用以輸水、輸電的管線以怪異的姿勢彎折而裸露，無一例外地也都長著植被雨後新生的痕跡。

就跟臺北一樣，還危險地維持水平的甲州街道上堆滿了慌忙逃竄時被棄置的汽車，以青綠植物為衣裳的它們，一個個成了與路面融合的自然地景。

只不過比起那座小了一倍的故鄉首都，東京的這副景象，更顯夢幻。

長久以來被灰色的工業蠻力壓抑的大自然，藉機一口氣爆發。

就如同多年前的那個曾經的大瘟疫，毀滅舊世所照映的一切，帶來晨光下生機蓬勃的新世界。

彷彿幻想中的綠色迷宮。

微風相當涼爽，白色小蝶振翅飛舞。

如果往破裂的路塊下一探，甚至能窺見魚群在地鐵乾淨的「河道」遨游。

人類消失的城市，說不定，世界過得更好。

『亞克，你們成功到達第一階段點了嗎？』

從河口湖指揮部傳話而來的琴羽詢問，我確認了一下人數回報：

「已經到達目標點，目前都沒有問題。」

『好。記住，你們的目的，是殲滅ＡＩ無人機，或著將它們驅逐出境。資料顯示絕大多數的無人機都聚集在皇居——也就是東京最中心的地帶。拿下那裡、奪下那個被搶走的精神象徵並占領據點，就等同奪回關東地區的領域主導權。如果失敗，那下一次要重新聚集兵力再次奪還就又會是好幾年後的事了。』

「我知道。只許成功，不許失敗是嗎？」

『能這樣就好了。另外那個九尾狐就先不要管，以盡量避戰為原則。維特和小雪這邊會持續監控你們的周遭與身心狀態，有需要時我也會在線上。』

「收到。那我們要準備出發了。」

『明白了。你是現場指揮官，情勢判斷就交給你和你的隊員。祝好運。』

我暫時掛斷通訊，從一直蹲伏著的柱子後方伸出頭。前方，是一整片被綠地侵蝕的人造大道。

還有等待著我們踩入其中的未知。

「我們走吧。」

我向全部隊打了個手勢，一行人浩浩蕩蕩開始穿越無人煙的馬路。

從我們這裡到皇居內苑的西側，要經過一條長直的大路。為求速戰速決，我們不打算繞路，而是壓低了身子在大樓廢墟的陰影中直線前進，同時也藉此避開上空盤旋中的「守鶴型」的耳目。

但在這頹廢的世界，求快是最要不得的事情。謹慎還是必須。

扛著領導和指揮團隊的重壓，我平舉左拳指示所有人停下蹲伏。

以往我和紗兒都是兩人的獨立行動，又或是SCRA時期，在國外少數人的小隊情報蒐集活動。但如今大相逕庭，我必須帶領四十人以上的隊員突進。

早迎春暖的晚冬沒有灼陽，但我額頭依然冒出汗水滴落青草地。

『你們前方道路暢通，可以繼續行進。』

「收到。」

我們沿著寬廣而滿布坑疤的甲州街道走走停停，每隔大約一百公尺就會默聲下令全體停止行動觀察周遭的敵情。

目前為止，這座荒廢都市帶給我們的，只有寧靜與幻想般的景致。

就這麼保持編隊、在東京都的舊日傲骨之下行進約莫五分鐘後，我們分成了由我、席奈、紗兒帶領的三個小隊，在一道失去照明的隧道前散布陣形。

看不見內部的隧道，散發出無法令人放心的深黑壓迫感。

「琴羽，能知道隧道裡是否有危險嗎？」

『我們這裡無法目視，高空無人飛機也拍不到裡面的情形。』

「好吧，瞭解了。」

通訊再次切斷，我的思考陷入了短暫的掙扎。

正前方是長度不過六百公尺、可能早就堵塞的公路隧道，右前方是被更多綠色植物填滿的大公園「新宿御苑」；隧道因看不清有什麼阻礙而十分危險，但同樣，在御苑的深綠森林中被游擊奇襲的可能性也很大。

如果想再另外繞道，任何沒被崩塌的建築與車流塞住的要道都太遠。兩條險路，只能有一個選擇。

「亞克大哥，這下怎辦？」

「依你的經驗你喜歡黑暗還是昏暗？」我打趣地反問。

「噗哈哈，當然是都不喜歡。不過硬要選的話，就是最快的路吧。」

那看來席奈或許比較中意一路直通的隧道。這樣的話……

「亞克。」紗兒隔著一段距離按住通訊裝置報備。

「怎麼了？」

「有東西過來了。隧道裡。」

紗兒發亮的眼眸直盯著隧道深處，讓我愣了一會兒。慢了一拍，我也才警覺到黑暗中的異樣。

有什麼要過來了。

我在眼前展開浮空的虛擬地圖，其他人應該也和我一樣，在地圖掃描上看到了前方的筆直通路湧現大量紅點。

隧道內，傳來了以前未曾遭遇過的「嘶吼」聲。

我不確定日本自衛隊當初研發的這些ＡＩ無人機探測能力有多強，不過自從我們高調駛進東京後，它們就應該知道我們闖入長久以來的領地了。

雖然此時還藏於黑暗中的機械——應該是「貓妖型」，沒有顯出攻擊徵召。但它們顯然都在盯著我們不放。

「大家通訊都清楚嗎？」我再三確認。

「清楚。」「沒問題。」「很清楚。」部隊相繼傳來一致的答覆聲。

我壓低音量。「那就準備開工吧。稍後隨我命令。」

我拿穩這幾周以來已經熟悉的突擊步槍，動了動筋骨。這身新戰術衣裝意外地穿起來相當舒適。

紗兒在這場戰役來臨前，也換上了全新的裝備。許多裝束都是白石櫻特意模仿我們以前的習慣所製作，因此代表性的灰色斗篷和絲襪凸顯的苗條讓戰鬥時的紗兒依舊冷酷而美麗。只不過現在胸前和膝蓋又多了幾片耐衝材質護甲。

「紗兒，可以召喚出『異能』嗎？」

將白髮束成馬尾的少女點點頭，閉起眼稍稍使勁，一抹藍色的光輝在她身旁跳動幻化，如電流般開始纏繞身體。

「出來吧，白狐們。」

電光疾閃，三隻由**藍色**光流組成的狐狸形體由疾影中躍出，並圍在紗兒的身旁晃著步。牠們的眼珠白得發亮。

其他初次見到的隊員們都瞠目結舌，不敢置信於這非科學的魔法。

我決定暫時不把自己的那隻「鷹」叫出來。先看看情況再說吧。

「全分隊，準備好。琴羽。」

『你們周遭除了前面我們觀測不到的隧道無人機群，沒有別人了。』

「非常好。」

我感謝琴羽的情報配合，打開了槍的保險。

「全部隊聽令——」

席奈戰意高昂地掏出他那兩把 MP7A3 衝鋒槍。

紗兒趴臥於地，架起新得到的戰術狙擊槍，藍光透白的小幻影們蓄勢待發。

我也將新的愛槍架在肩頭並喚出「異能」的強化之力，屏氣凝神瞄準我們面前那片深黑的虛無。

數量未知的貓妖們持續恐嚇般的嘶吼。一大串的紅色眼球接連冒出黑暗。

這或許會是場微不足道的戰役。

就算贏了，我們之後還有太多要面對。

但也是人類在五年的絕望長流之後，**第一次**，重新面對無人機的攻勢。面對我們的過去、面對人類親手造成的「天災」。

而這次，我們準備好了。

開始「逆襲」吧——

『『嘶咿————』』

「開火！！！」

幾乎是同時，以排山倒海之勢湧出隧道的「貓妖型」挾帶超高的機動力成群襲來，我們手中的槍管也全都一致地展開無差別的掃射。熱兵器的暴躁之音響徹原本平和寧靜的廢墟高樓之間。

槍林彈雨間。「貓妖型」一個接一個倒下，但以快速著稱的它們依舊以短小的體型優勢穿梭在致命的金屬混流間，數量幾乎不見減少。這種情況下，無法執行近身射擊的席奈也只能握緊衝鋒槍，為求掌控後座力而進行點射。

我們三個隊長領導人，其實都有能力上前以平分秋色的速度貼近還擊。只是在其他隊員對無人機實戰經驗缺乏的情況下，先選擇輪替不斷的掃射並以重火力壓制，或許才是比較好的判斷。

「貓妖型」不具有遠距離武器，這點在先前的報告就已闡明。它們的攻擊模式根據報告就是「以量取勝」，接近後開始撕咬敵人。

「第一隊，換彈！」

其餘包括JCCF與自衛隊混編的隊員半數手持的皆為輕機槍，在彈匣差不多耗完一輪後整齊有序地拆卸、裝彈、上膛並準備填補火力空缺。

嬌小卻凶悍的貓妖們一匹匹化為廢鐵，同時也逐漸接近我們的陣線最前方。

「紗兒、席奈，已經確定那些傢伙不具備遠程武器了，打近身準備上！」

「好的。」

「好呦！第二隊換子彈，然後停止開火！」席奈命令中間的火力分隊停下掃射，以清出給我們行動的空間。

「第一、三隊，開始重點狙擊後排。兩位，我們上！」

切換扳機，我架穩槍後朝無人機的陣型中心發射一發破片霰射式榴彈，『咚』的一聲榴彈竄出冒煙的彈口，粗暴地摔進貓妖們的所在處，觸地爆炸。成群的機械中間被轟出一個不小的空隙。

我快步一閃，將G36S・改拋在原地後，大力踏步並憑藉「異能」的強化突破人體極限飛身向前。

其他兩人亦緊跟在後，席奈甚至不需要特別強化，本身就是規格外超人體質的他將兩把衝鋒槍交疊並一鼓作氣衝刺到我前方展開彈幕。『啪啪啪啪』MP7衝鋒槍特有的高速火鳴，將一顆顆凶彈送進任何肖想貼近他身旁的無人機腦袋。

我也不遑多讓，先是直接徒手掐住一架與我對撞的「貓妖型」並以加強的怪力擰斷，隨後不抽出腰上的棍刀而是順手一按啟動彈射鈕，黑色冷兵器的前半自動刺出並和飛跳而來的兩架「貓妖型」撞個正著，將它們遠遠打飛到另一頭。

我迅速回收棍刀，一個迴身劈砍解決掉了另外兩架、再將黑刃甩了一圈嵌入下一架的機械軀體。貓妖雖來勢洶洶，但個體小而缺乏厚甲的缺點也在此顯現。

且比起以前島國上偶爾出現的「獵犬型」，它們少了些殘暴的成分。

「白狐們，防禦。」

眾小隊槍彈高分貝的擊響持續，在不遠處奮戰的紗兒，也展現了全新的「獵手」姿態。

新型「電光刃」早已出鞘，被團團藍色電光包圍的少女像是在原地踏著舞步，不斷又不斷的藍白衝擊波揮砍在貓妖的身上。不只是手上利刃所切割出的青閃明輝，方才叫出的三個狐之幻影也接二連三撲上想偷襲少女背後的無人機。刀起刀落、電光劈裂空氣，這名正在大開殺戒的少女簡直沒有任何死角。

她眼中所綻放的「異能」微光，比以往都還要更加明亮、冷酷、無情。

奇怪的是，紗兒只有在這種時候，那獵人似的「第二人格」才會現形。完全遵從命令行事、淡化所有情感，就像殺人兵器般的精確、可怕。

而且在認識更多這世界的真相後，好像又更成熟了一點。

望著紗兒斗篷飄揚的身影，我反射性刺倒另一匹打擾我視線的貓妖。就連輕鬆隨意開著槍的席奈都趁亂偷瞄了幾下，大為驚嘆。

「咻～紗兒妹妹還挺厲害的嘛。」邊說他一個勁用槍托重擊一架無人機。

「畢竟她好歹……」我揮出銳利的砍擊，又一架無人機倒地。「也是在這荒唐的世界跟在我底下學了不少啊！」

我們三個就這樣上演非人類的「戰鬥演出」，單方面虐殺著無人機，搞得好像之前一直重複提及的高度ＡＩ威脅根本毋須當一回事。

事實上，也真是如此。

多年來磨俐出的經驗和已經登峰造極的默契，使得我們三人攻無不克，每一個腳步每一次攻擊，都如入無人之境般驍勇善戰。

ＡＩ無人機在以前確實是個重大威脅，但如果有好好研究、並在它們的陰影下生活了數年，那就另當別論。

「糟……他們要過來了啊啊！」

但是還是有幾架突破了我們三人的防線，朝匆忙換彈中的部隊殺去。

「紗兒，後方！」

「知道！」

不用多會意，紗兒從腰間抽起連發手槍就此往破陣的「貓妖型」狂掃射擊，每一發都是百分之百的準度椿進他們裝甲薄弱的腦殼。

但還是有幾名隊員在紗兒打倒那些無人機前被貓妖的金屬撕咬抓傷。

「負傷的到後面，後排補上空缺。」

這是紗兒第一次下達命令。但稍微意外地，儘管他的身分多疑、外表年幼，從屬的隊員卻馬上答覆並迅速執行了紗兒分隊長的命令。

第二小隊換完了彈，與第一小隊交換位置後，繼續為我們前方奮鬥的身影提供火力掩護。槍聲依舊不絕於耳。然而愈堆愈多的數量還是有些棘手。儘管我們火力占上風，但再耗下去，只怕比不上已經統治了這片土地五年的它們。

「隊長，我們的備彈量快要到單場戰鬥的負荷值了！」

「亞克，你聽到他們說的囉！」

單手兵器已經不夠用的我開始拿出左輪應戰。「我會想想辦法！」

我趁機環視了四面八方的地景戰況。往東一樣是還不知道有多少東西潛伏的深邃地下車道；往後退縮當然不是個選項。

至於往右幾步的話，其實有機會拉整個部隊躲進新宿御苑之中，暫時避開視覺追蹤。

儘管困難，但值得一試。

「話是這麼說但我們要先能夠聲東擊西啊……」

這個戰術的條件，就是要有時間與人手掩護我們轉移陣地。

可惜的是，我們兩者皆無。

「喊……第一部隊，五個人準備電磁干擾煙霧彈，擲出後全部隊進行戰術閃避！」

「「收到！」」

『亞克，那煙霧彈只能幫你爭取不超過二十五秒的時間。』

「瞭解了。」

能爭到一秒就是多一分活命的機會。

我解決掉近身攻擊範圍內最後一架無人機，指揮整個部隊往新宿御苑的方向慢慢靠攏，並準備找出丟擲干擾彈的機會……

但正當我們雙方都正不斷地送子彈、橫嘶亂咬時。

一個像是狐狼嚎叫的長嘯，從天際線邊的東京市中心悠遠傳來。那一瞬間，目視可及所有的無人機——包括我在對戰中瞄見的幾個看戲的「守鶴型」，都停止了動作，就像機械過熱當機一樣毫無反應。

遠方的長嚎再次響遍空虛的都市。

就當嚎叫消逝於都市巷弄中的那一刻，所有的ＡＩ無人機就如同提線人偶。「機械式」地轉過頭，並魚貫往相反的方向迅速離去。

所有幾秒前還在跟我們對峙的無人機全都莫名其妙撤退了。

原本硝煙火藥瀰漫的街道，頓時安靜得滴水可聞。

而我們理所當然完全搞不清楚現況。

「總之，可以算僥倖逃過一劫嗎……」

我和從戰鬥狀態回復過來的紗兒對望，無論是他與席奈，也都一頭霧水。

「先讓部隊集合吧。琴羽，我們這邊暫時結束了。」

過了一陣子，河口指揮部那邊才伴隨著雜訊傳話：

『我們這邊也監測到了……不過真是古怪。』

「是啊。剛才那聲不知名的叫聲到底是？」

『我們也很難判定。』琴羽接話，『不過白石跟我說可能就是九尾狐。』

「九尾狐……擁有ＡＩ統御能力的個體嗎？」

『只是可能。詳細還需要進一步調查。』

「好，感謝情報。我們這邊整備一下，十分鐘後出發。」

通訊掛斷。我的視線再次放回大家都有些疲憊的戰場。

（但是，為什麼要叫那些無人機撤退呢……）

ＡＩ的行為模式，果然還是百思不得其解。

但至少我們得到了充裕的時間可以短暫休息。

「席奈，你帶著全部隊檢查一下裝備吧。我們十分鐘後要出發。」

「收到收到～」

席奈蹦蹦跳跳回到自己的列隊，這傢伙還是無論何時都很悠哉啊。

我撿起地上的槍，來到有些氣喘的紗兒身邊。

「妳啊，應該沒有讓身體太勞累吧？」

紗兒滿身大汗，被潤濕的髮際都貼上了額頭。顯然剛剛還是有點超過身體能負荷的活動量了，那幾隻用來保護自己的白狐幻象也已經消散。

「還、還可以。」

「靠著我坐下，喝點水吧。」

「不要緊的。我站著……一下就好。」

白色的霧氣從她脣內吐出。這種天氣下，也許晚了會著涼。

「聽我的話，坐下休息吧。」

「……嗯」

似乎知道自己任何辯解都無效，紗兒乖乖在我的扶持下坐靠御苑邊緣的日式庭園造景旁。

可能是因為春天的暖流來得早，我在這難得的休憩時刻才注意到這附近的路樹、御苑中的人工植株，全都開滿了櫻花。

真正的，粉色滿覆的櫻花樹。

也許這也是這場意外休止的戰鬥所帶來的小確幸之一吧。

幾分鐘的時間，只有冬風吹過的輕拂與部隊整裝的窸窣聲，期間指揮部那兒還有人偷偷和我搭話閒聊。

紗兒感覺自己休息足夠了，鑽出我的手臂再度站起。

「我好了。」

「妳也是很愛逞強耶。」

「真的好了啦。也不想想是跟誰學的。」紗兒嘟起小嘴表達不滿。

好，好，愛逞強是跟我學的對吧，妳這小丫頭。

我拍拍屁股也站起了身。「那我們也差不……」

『磅——隆————』

話還沒說完，一個甚至比列車搖晃還劇烈的強震發出轟隆巨響。全部隊都感受到了這個**距離極近**的巨大衝擊。

我在驚險之中回頭一望。一道陰影擋在面前。

「——！什麼時候……!?」

衝擊我們腳下地面的，不是地震。

一個毫無預警從某個地方**降落**此地的龐然大物，破壞震碎了路面結構。

並且絲毫不給我們活命的機會。

††

「琴羽上校，借一步說話，行嗎？」

「喔，可以啊。」

激烈的戰役告一段落，河口湖指揮部的眾人也能在亞克他們休憩的同時稍微放鬆筋骨。琴羽將工作將給其他兩名第一指揮組的夥伴，轉身面向白石櫻。

「怎麼了嗎？」

白石櫻將琴羽拉到一旁，毫不避諱言道：

「我就單刀直入的問了，琴羽，妳為何不跟著他們一起，站上前線戰鬥？」

「……因為這是我的選擇，我選擇在這個指揮部坐鎮協助它們。」

「不過，妳明明有不輸任何人的戰鬥力。就讓維特和小雪，專門內勤指揮，跟著一起上戰場不會是問題吧？」

白石櫻已經認識了第一指揮組五年，在共事的期間也變得十分友好、對他們幾個的專業能力亦相當了解。而她並無特別的憤慨，只是多望了一眼琴羽腰間的手槍，還有戴上灰手套隱藏著什麼的右手。

琴羽聽進白石櫻的詢問，陷入了不苟言笑的沉默。

「而且，妳其實是很想和他們，共同面對的吧。」

——這就是妳所期望、久違的戰鬥，不是嗎？

白石櫻應當很了解琴羽的個性。至少在與亞克久違重逢、自己的小組重新團圓後，琴羽是絕對想和亞克攜手打響這末世的第一槍的。

但她只是在須與後淡淡一笑。

「是沒錯。我很想踏上戰場、很想跟他們一起置身險境而不是待在這個安全的地方。但是，我不行。」

「為什麼？」

「因為那樣就變成了我的私慾。」

白石櫻挑起眉，等著琴羽繼續說下去。

「櫻，妳覺得在戰場上，什麼是最要不得的？」

白石櫻鮮少被這樣反問話，她稍稍想了一會兒。

「……因情感顧忌造成的，分心？」

這名SCRA的決議長笑了笑。「還挺標準的答案……但對，不必要的感情，是險惡的戰場上最要不得的雜質。」

「……我理解了。好像和我臆測的，差不多。」

不愧是憑一己之力晉升中校級別的人才，敏銳力非同小可。

「亞克將紗兒從臺灣帶了回來，他們兩人相處的時間，說不定比我們任何人還要來得長。」

琴羽的眼神飄向窗外遠方，身在東京的他們，目前依舊平安。

白石櫻已經得到了她想要的答案，現在僅是作為友人，細聽琴羽的告解。

「這陣子以來和他們的相處，慢慢重新認識五年後的大家後，我發現了……他們倆已是命運共同體，不論什麼事都不是我能插手的。此外紗兒才十五歲，對吧？她現在需要的是健康的成長，用她自己的方式、自己的視野去認識這個世界。就算她生不逢時。」

「所以妳決定，不**打擾**她們？」白石櫻手插進白袍外口袋對答。

「算是吧。」琴羽面容顯露無奈。「我相信席奈能夠好好填補任何的戰力空缺，因而選擇待在這裡，做為一個協助者。如果我一樣置身那個戰場，亞克必會分心顧忌紗兒和我的安全，我知道**他一定會**。他這個人就是這樣。」

「那妳要就此，遺棄妳自己的**感情**嗎？」

「沒錯。這是我自己做的決定。但同時此時此刻，我會用我的全力去守護她們。如果妳們說紗兒是這一切的關鍵，那我就會幫助亞克守望她直到最後。」

白石櫻用鼻子哼了一口氣，不過亦無反對琴羽的告白。

「這就是妳的大義，是吧？寧可在遠方守護他們，也不想因個人利益，踏進她們的兩人世界。」

「如果哪天有機會，我想我還是會想跑回前線戰鬥的。不過……」

琴羽看著指揮部裡的光景。在這段休息的時刻，眾人有說有笑，維特和小雪甚至透過對講機和遠方的亞克聊著天。

「……這次就把機會讓給紗兒吧。」

「妳還真是個濫好人。最頑固的那種。」

「也許。」

總有一天，亞克會變得不需要自己。

琴羽覺得自己很幼稚、但卻又認為這是不爭的事實。一直以來，亞克都很在乎第一指揮組的成員們，也很信任自己的夥伴與戰鬥的合作默契。

但是那場災變發生後，他們被迫分離數年的時間，直至幾周以前。

而在這段期間，亞克已經成長了。他更加善戰、更懂得保護他人，也一樣信任著彼此堅定的羈絆。但同時也變得更……將他人之利置於己身之前。

而琴羽不能讓那種事危及他的性命。

因此哪怕是私情或對大局不一定有利的決定，她也選擇獨自承擔，並且專注於亞克以及紗兒彼此相輔相成的成長。

——畢竟，亞克心中已經有紗兒的存在了。

「末世之中，是容不下我那自私的**感情**的。」

「還真是矛盾。」

「嘛，情感有很多種啊，我只是選擇了其中一個並貫徹到底。」

「那首先讓我們祈禱，他們都能拿下勝利並，平安歸來吧。」

白石櫻會心一笑，琴羽也覺得在說出這些之後，舒坦許多。

「沒錯，這是我們所有人的共識——」

就在此時，小雪發出了驚慌失措的警告。

「琴琴、琴羽姊！妳最好過來看一下，這、這情況……」

「怎麼了!?」

驚覺大事不妙，兩人跑回監控臺前，維特和小雪的神情都有點緊張。

「琴羽，亞克他們的身心數值不大對勁。**所有人。**」

「發生了什麼？」琴羽詢問相對冷靜的維特。

「通訊被干擾了。高空無人機正在回傳……這是——！」

無法立即和亞克通話接收消息，慢了數秒終於傳抵現場狀況的俯視圖，可以看見代表部隊的幾十個黑點人影，還有一個擋在他們面前，體積十分巨大的**白色**不明物體。

從上空的視角，那白色的「機體」，狀似狼，又或是說……

「狐」。

白石櫻擺著一副「意料之中」的表情。

「——是**牠**。」

††

轟然巨響落在東京一條荒廢的大道上。

雖早有預料，但我沒想到那架ＡＩ無人機會來得這麼快。

日本自衛隊建造過綜觀體型最高、最凶惡的人工智慧武裝機「九尾狐」，擋住了去路發出沉重的低吼。

如描述中一致大得誇張的體型、雖名為狐狸卻更像一匹狼的流線型裝甲與身體構成。還有，與任何無人機都不同，一雙深紫色的碩大眼球。

它正直盯著腳下的這些「獵物」。

而它會現身此地的原因，最大可能性——是來殺掉我們的。

白石櫻當著大家的面說過如果遇上「九尾狐」，絕對要避戰。

但同時也單獨和我說了——「請好好睜大眼看著牠」。

無限的恐懼在人們的內心增升。

「所有人……都不要輕・舉・妄・動。」

它甚至比大災變當天差點一掌拍死我的「巨狼型」還要巨大。仔細觀察，還能看到機械軀體的各處都隱藏著隨時能伸出複數火力武裝的隔板，更別提身後有著如傳說中「九尾妖狐」般晃動著的九條白色大尾巴，功用不明。

我等著它的任何一舉一動，做好最壞打算。

但來到日本之後就一直有種異樣感：這些無人機，不會積極主動攻擊。

包括現在以體型之勢震攝著我們的「九尾狐」。

我吞了吞口水，面前的巨型無人機只是持續以低吼對峙。我們不能輕率突擊、更不能逃之夭夭。

更重要的，我想知道它的來意。

不過片刻的耽擱，也可能足以致命。我暗自心想。

隨後意想不到的事情就發生了。

紗兒丟下了槍，獨自一人走上前接近「九尾狐」的巨顎之下。

「分、分隊長!?」

「喂，紗兒妹妹妳在做什麼啊！」

無視其他人的勸阻，茫然的少女持續遠離部隊，向著紫瞳的九尾巨獸一步、一步慢慢走近。

心惶地望著紗兒遠去的背影，我無法得知她現在的神情與心智狀態。

腦中只想得到一件事——她要離開我身邊了。

「等等……紗兒，快回來……！」

咦？

為什麼這副光景，似曾相識……而我又「再度」感到害怕了呢？

你「又」要再一次——失去「她」了嗎？

模糊永憶中傳來的囈語。明明不可能是現實發生過的事，但卻又恍若昨日般占據我的思考。

又一次將讓她死去的你，沒有做英雄的價值。

不要。不對。

管你是夢境還是回憶還是什麼鬼……

我不會再讓這種事情發生——

我掙脫自縛的枷鎖讓身體動起來，奮力地大喊：

「紗兒！不要再往——」

「亞克。」

廢城的冬風穿散落櫻，變得異常冷冽，卻溫柔。

「九尾狐」靜靜的悶吼，但從頭到尾都沒有對接近的少女發動攻擊。

已經走到「九尾狐」顎骨正下方的紗兒停下令大家都膽顫心驚的腳步，回過頭對

我輕輕綻出笑容。她柔和的眼中沒有絲毫懼怕及汙濁。

「沒事的。」

下一秒。「異能」的強藍光在滿排的櫻花樹之間爆開。

【第六章】　櫻與狐與純白少女

『呃…………』

在通訊裝置的另一頭，我彷彿能看見琴羽正邊用手抹著臉，邊戳著自己的太陽穴試圖釐清現在的情況，但卻又不知從何開口。

我懂。因為我現在也是一模一樣的心情。

『……這麼講好了。你說你們在通訊恢復前，遭遇了九尾狐無人機，然後現在，呃……』

「牠變成友軍了。」

『對，對。牠變成友軍了……個頭這才是最讓人疑惑的點啊！』

琴羽幾乎是朝著對講機大吼害我都快聾了。

『到──底──怎樣能把紀錄上最難搞的無人機變友軍啊？』

「就算妳這樣問……」我轉頭一望。「我也很難解釋啊……。」

現在，我們位處新宿御苑東北側的出口廣場，為了與河口湖指揮部通訊而暫停行軍。

只是我們這次多帶了一個**東西**。

紗兒和體型不知道是她幾倍的ＡＩ無人機——九尾狐相鄰而「坐」，後者甚至時不時會用巨大的金屬鼻緣蹭蹭紗兒的臉，逗得少女咯咯笑著。

這構圖比龍貓等巴士的畫面還要詭異。

「總之，目前的情況應該可以算是成功『捕獲』了無人機吧。」

『捕獲……到底怎麼做到的？』

「我想妳會想直接問紗兒比較快。」

剛剛的轉折實在發生太突然，我和其餘的部隊都搞不清楚到底出於什麼原因讓九尾狐「唱反調」，加入了我們的陣營。

純粹以眼睛看到的東西來說，就是紗兒與九尾狐主動接觸，並成功「取得共識」，拉攏這匹強大的無人機到我們這邊。

我原以為末世就已夠荒唐，但沒想到還有這種更魔幻荒謬的事情——

——紗兒身上的「異能」光輝不斷爆發再爆發，如脈流湧動似地向外擴展，覆蓋著「九尾狐」與她自己。

但這不斷擴張的波動，不像傷人的衝擊波，反倒更像水塘的漣漪。

「九尾狐」也回應少女綻放的光波，由充滿警戒的低吼轉為狼嚎高吟。

「所有人保持警戒……不要開火。」我艱澀地命令。

等到空氣重新回歸平常，我能明顯感受到九尾狐所散發的氣場，變了。
而收起「異能」力量的紗兒，做出了更大膽的舉動。她靠近九尾狐低下的頭顱，伸手與牠的鼻尖相碰。
「**妳**其實……不想跟我們打仗，對吧。」
九尾狐以相比巨大軀體太過溫柔的輕叫回答少女。
「沒關係，妳不用再受苦了……」紗兒像是安慰老朋友般自然。「我就在這裡哦。」
「咕嗚——」
櫻花飛舞之中，銀白髮色的少女，安撫著機械的巨獸。
昔日的敵人，化解了隔閡並相互理解著彼此。
大概沒有任何景色能比這個還要更加神奇的了。
也不知道多久之後，我才好不容易解開了恍惚的意識。
「紗兒，妳做了什麼？」
紗兒沒有直接回答我的問題，而是解開我心中**另一道**困題。
「亞克，這個孩子說她不想傷害人類。」
「這孩子……是九尾狐嗎？」
「嗯。她很友善哦。」

這時九尾狐用鼻子輕推了紗兒一下，像可愛的寵物一樣呼著鼻息。
「啊哈哈，好了啦，妳太大隻了，推小力點。」
我有口難言的看著眼前曾是大型屠殺機器的無人機逗弄著紗兒。
這到底是什麼情況——
——琴羽聽完我和紗兒輪番的解釋，語氣聽起來還是似懂非懂。
『所以小紗兒可以控制那個九尾狐，是這樣嗎？』
「倒也不完全是這樣，呃……」
我觀察著幾分鐘前差點害我們心臟病發、現在又突然變得跟家犬一樣乖巧的九尾狐。不過牠只是用大大的紫色眼球瞟了旁邊的自衛隊群眾一眼，那些人就嚇得魂飛魄散，抱緊了槍枝。
除了席奈一臉有趣的樣子圍著九尾狐團團轉，其他人都還是很懼怕牠。
感覺部隊好像不太能接受這莫名其妙地展開吶……。
『讓我來解釋吧。』
「誒，白石小姐原來妳在嗎？」
「一直都在。」
白石櫻接過了指揮部那邊的對講機，再次確認著我們這邊所遭遇的「不可預測之變數」。
『紗兒小姐是說，九尾狐並沒有和妳們，捉對廝殺的意願，對吧。』
「是這樣沒錯。」
『果然如此。』白石櫻似乎早就料到這番狀況。『亞克，你以前做為情報員，有聽過多智能深度強化學習法（Multi-Agent Reinforcement Lear）嗎？』
「通常妳講出來的東西我有九成都不會聽過。」
『……』
「……」
『多智能深度強化學習法是一種廣泛應用於過去人工智慧領域的技術與實驗方法。』
（無視我？）
『簡單論，這類實驗會先讓多個ＡＩ，處於近乎零知識的環境下。而它們必須使用有限的資源、空間，來處理眼前的難題，或是對抗其他ＡＩ。經過上百萬、上千萬次的失敗與學習後，它們可以從零打造一個，並非別人灌輸給它們的策略，或知識技巧。也就是所謂試誤學習。』
白石櫻發揮著她的專長繼續透過通訊說明：
『而這其實也是地球上，任何生物，都會用的技巧。從錯誤中學習、架構生活的策略與，面對難關的智慧，試著讓自己不會成為，食物鏈的受害者。跟一般ＡＩ最大的不同，就是舊有的人工智慧，習慣從數據庫中提取資料，並組織應對狀況的辦法。雖然快速果斷，但除非像全球ＡＩ軸心統合系統一樣，可以對它們發布命令，不然也只是單純的，機器人。而我想說的就是，利用智能強化學習技術，打造的日本自衛隊無人機，更習慣**思考**後行動。』

「也就是說？」

『也就是說，』白石櫻清了一下喉嚨，『這會讓無人機更有同族意識、更懂得相互協助，並且有極其微小的可能——原本因暴走而變得殘虐的本性，會因此逆轉。這也是為何過去幾天，你們所遭遇的，自衛隊舊無人機，某些表達友善、某些卻很具攻擊性的，原因。而搭載這種智能系統的九尾狐，可能是在多年的發展後認定——

——無人機不該與人類交火。』

「這種事有可能嗎？」總是在跟無人機廝殺的我深深懷疑。

『有可能。何況九尾狐是任何能力數值，都最出類拔萃的機型。搞不好毋須幾萬次的，試誤實驗，牠就能找出與人類相處的策略——和平。』

如果現在的世界有在努力尋找對抗無人機的方法，那這驚為天人的事實肯定能登上什麼國際研究期刊。

『而且我在災變以前，有偷偷幫牠裝了情感晶片。』

「欸小姐妳有偷裝東西妳要先講。」

而且「情感晶片」又是什麼東西？

『很簡單的說就是裝載情感的模組，』白石櫻猜中了我的心聲，『因此牠會更偏向於用感性，做出判斷。』

我插著腰看著紗兒和比我高了好幾顆頭的九尾狐，不懂我為何臉上如此焦慮困惑的「兩名可愛動物」，行徑一致地歪著頭回望我。

不，就算妳裝可愛我也不會馬上認可妳的，臭狐狸。

「但是，為何要多此一舉裝上這個晶片呢？」

幫武裝ＡＩ無人機裝這種只會搞出大事的東西，應當不是個好決定才對。

白石櫻的嗓音突然聽上去有些惆悵，她嘆著氣說道：

『那也只是我在災害來臨之際，最後的小試驗。我分別幫唯二的大蛇型和九尾狐，裝上了同樣的情感晶片。而好巧不巧就在隔日，所有的ＡＩ無人機掙脫指令的囚固，大張旗鼓肆虐整個世界。在那崩壞的時刻，我曾祈禱過，祈禱裝了晶片的牠們可以引發奇蹟。』

「引發奇蹟，說的就是希望有能力統御並集結ＡＩ的九尾狐，能下出『接納人類』這樣的結論嗎？」

『是的。然後進而讓所有本土的無人機，都回歸以往。』
「妳這還真是天大的賭博啊。」
『我天生就是個賭徒。』她如此下了結語。
我不禁又嘆了口深沉的氣。
（這下子，原本的計畫全被打亂了……）
情勢已被一百八十度的大轉變。首先是紗兒不知道用什麼魅惑了巨大的機械和她相處融洽，二來九尾狐加入我方，提升了不少基礎戰力。
雖然我還無法知道，牠究竟是否真的有意願要「幫忙」。
目前只能先假定牠確實有能力統御其他無人機，順利的話達到協同進攻、徹底排除其他「非友軍」無人機的威脅。
而所謂「非友軍」無人機，也就是第三點——
『亞克，就算那架無人機真的加入好了，你們還是有任務在身。』
換回琴羽接聽通話，我點點頭應答。
「依舊要占領皇居對吧？」
『沒有錯。而且依據剛剛白石給我的情報，那兩架同樣也安裝了那個……情感晶片的**大蛇型**，恐怕不會如此簡單就能對付。』
綜合著剛剛的討論與知識，我大略知道琴羽的言下之意。

「意思是說，那些『大蛇型』沒有『回心轉意』是吧？」

『而且還可能恰恰相反。』琴羽在另一邊點頭附和，『理論上來說牠們甚至不會聽從九尾狐的統御命令。』

「好，我知道了。接下來我會**保持一陣子的**無線電靜默，我得先觀察一下九尾狐是不需要什麼手段來連繫其他無人機，做可能的援助。」

『指揮部收到。路上請注意安全。』

琴羽掛斷了通訊，我也將左手離移耳際的通訊裝置。

剛剛那段通話的時間不算短，但我一直都沒有忘記觀察四周的情況。

我抄起突擊步槍，以誇大的姿勢『喀擦』一聲猛拉槍機。

「你們有什麼不滿的，最好現在通通吐出來。」

我一直都在觀察。

從搭上裝甲列車、這場作戰的最一開始，我總是在有餘力之時就會暗中觀察每位隊員的服從度、行動力，還有答話的態度。

而包括紗兒、席奈，和幾個在基地就取得了信任的隊員與官兵，都知道這次「東京都列車作戰」的另一個主要目的。

抱持著火紅的怒意，我瞪視那些已經被我「挑出來」的自衛官。

這裡沒有那幾個曾和陳局長大吵大鬧的自衛官，不過我顯然可以看出還是有其他對我階級不抱敬意的傢伙。

說實話，這種時候還要搞內鬥十分令人心累。

這是我們該團結的時刻——任何遭遇了那場大災難的人類，無論如何都該這麼想的。

可是這些所謂的「極端保守派」，不只是想拿人工智慧來做不人道的實驗，更想要握有實權、操控一切。

所以就算我們眼下這個九尾狐加入戰局的情勢，他們也百般不痛快。因為看似與他們「目的」不相違背的、亦即「利用」無人機取得勝利的這個方法，他們也無法釋懷。

在這些派系的認知裡，無人機就該被踩在腳下。

但矛盾的是，這群懦夫又怕死了ＡＩ無人機。

也因此，他們對實戰不情不願、對無人機共同陣線的合作也各種反感。更令我光火的是，剛才對那群「貓妖型」的戰鬥，其中有些人甚至暗地放水，沒有在我們幾個衝出軍陣時提供即時掩護。

雖然我討厭綁手綁腳，但這可是會導致戰略失敗的重大軍紀問題。

「這樣子好了。對於讓ＡＩ無人機『九尾狐』加入我方並一同繼續行軍感到有疑慮的，舉手。」

我睜一隻眼閉一隻眼，還是選擇採用了比較溫和的方式。

不出所料，約莫有一個小隊數量的人舉起了手。也是勇氣可嘉。

「那麼可以告訴我是為什麼嗎？」

這片無戰事的綠地上，排除九尾狐，已經分裂成了兩個互不信任的群體。

我實在不樂見這種事發生。

但該解決的問題總要解決。繼續延宕到後頭，只怕會對之後的戰鬥造成更無法挽回的傷害。

方才的無線電靜默也是不想這種時機把其他人捲進來。

清風吹過草地，所有人都沉默不語，任憑肅靜降臨廢墟之間的公園。

等待了一段時間，卻沒有任何人膽敢答覆。原以為他們會更加用力的反對或更糟糕一點：向我們宣示敵對關係。

不過這些被我盯上的人也只是拋來惡狠又不甘的眼神。

畢竟還在東京作戰中，這麼做只會兩敗俱傷吧。

（真是群窩囊。）

沒講出這句悶在心底的穢語，我拿出領導者的氣勢命令：

「既然都不肯說話，那我就當你們都沒意見。為了避免影響日後的作戰，再做出有違軍紀或影響行動的任何行為……」

我將槍扛在肩上，盡可能讓自己看起來有威嚴點。

「……那我相信織田司令官是不會輕易饒恕的。收到了嗎？」

「……收到命令。」

「好。唉……」

我抓了抓頭長嘆，果然自己還是不太擅長當壞人啊。

但肯為了後續戰役成功而放現成見，那做為人類起碼還是有救的吧……前提是他們沒有對我撒謊。

時間已過正午，我抓緊時間，在這有樹林遮避相對安全的地帶要部隊再次檢查裝備，並和席奈整理了一下當前的策略。也**該是時候**繼續上路了。

該是時候，把東京奪回來了。

而照現狀來看，成敗與否的關鍵都放在紗兒和九尾狐身上了。

「紗兒，妳能和九尾狐溝通嗎？」

紗兒和九尾狐你看我我看你，在無聲的交流中也不知道究竟說了些什麼。

「好像……有點困難。我在試著引導出『異能』和她溝通時，想看看小白狐們能不能幫忙，不過果然不能說狐狸語的呢哈哈。」

「牠講的是機械語言吧……那不能得知彼此的想法嗎？」

「我能大致瞭解這孩子的想法、跟她說我想做些什麼，不過實際上有沒有傳達到，我也不知道……就是種心有靈犀的感覺？」

「這也太抽象了。」

「沒辦法嘛，我一開始也不確定能不能跟她成為朋友的。」

「好吧好吧。」我的頭髮又被自己抓亂。「那紗兒，麻煩妳試著幫我問一些情報：牠是不是真能集結並統御其他的無人機？還有在東京千代田區的日本皇居區域內，有威脅性高的無人機，或是任何……欸……牠『討厭』的東西嗎？」

紗兒點點頭，隨後複述了一遍我的話給身型碩大的九尾狐。這匹富有靈性的無人機先是低鳴一聲，接著低頭像隻狗一樣用腳刨著泥土。

紗兒轉了回來。「我覺得這孩子的意思是，皇居的確有好像很麻煩的敵人，而且她也無法使敵人聽從命令。不過也許可以讓其他型號的無人機幫忙。」

意思應該是這樣啦。紗兒弱弱地補了一句。

九尾狐應該不至於說謊。雖然我依然有顧慮、也跟與其他人雷同，很難馬上就打從心底相信這些過去紀錄都十分殘暴的機械。不過就跟報告如出一轍。「大蛇型」確實可能盤踞在皇居內部。

而且最壞的情況，兩架都在。

而也既然九尾狐表示牠能操控其他無人機的行為，那麼……

也許值得一試。

我起身朝統治這片疆域的那頭猛獸靠近，見我走進牠的領域，九尾狐也抬起了機械足的四肢與我正望而立。

此時我有一種感覺。一種自信。

無人機與**人類**也許不必繼續互相爭鬥不休。

白石櫻或許真的給五年後的世界帶來了奇蹟。帶來了**答案**。

儘管只是孤注一擲的嘗試，但確實在這人類的危機存亡之秋，曾歸屬於全球ＡＩ軸心統合系統的管轄之下、被歸於暴力及仇恨那一邊的九尾狐，對明明想殲滅牠族的人類投下了「信任票」。

儘管事到如今，我不可能因為一時的插曲就把牠視為完完全全的同伴。

然而，也絕對不是不能給牠一個擲骰的「機會」。

小而細的紅瞳對上紫水晶般的機械雙眸，我首度——與ＡＩ無人機**對話**。

「做得到嗎？」

九尾狐聞言後沒馬上做出動作或叫吼，而是與我互盯良久。

也許是在觀察我是否有資格。

沒過幾秒，九尾狐慢慢揚起了牠那些巨大而靈活的尾巴，我領悟到了這是給與信用與肯定的訊息。

「亞克，她說沒問題哦。」紗兒也強調了我的猜想。

我勾起嘴角。這次是真誠的發自內心。

「那請將勝利的道路展現給我們吧。」

††

急奔。

在一路沒有阻礙的大道兩側，被廢棄的新式商業建築一棟棟閃逝而過。

我們整個部隊跟在九尾狐的身影背後，牠的每一步重踏都令路樹傾晃搖動、石塊噴散飛起。

不愧是最精銳的無人機，無論速度和力量都非同凡響。

可能是連「體諒」這種情感都擁有，牠刻意放慢速度使我們這些人類跑起來不至於快速消耗精力。

而就在約莫兩公里持續不懈的行軍後，比趴滿建築的藤蔓樹叢還要更雄偉的綠意在面前展開。

「千鳥之淵」，已經可以看到皇居的外環了。

無線電靜默早已解除：『亞克，注意一點，不排除有設置陷阱的可能。』

「好，我知道了！」

「異能」的輝光化為殘影，為了不耗費太多體力我以其稍微強化了腿部。

「全體注意，做好接戰準備！」

『亞克，我們觀測到有大批無人機從你們兩點鐘與十點鐘方向接近！』

「喂！」我詢問跑在前方的九尾狐。「那些無人機是你叫來的嗎？」

只見九尾狐短嚎了一聲，機械足持續一步步對路面造成衝擊。

「看來就是了……琴羽，不用警戒，那些無人機非敵軍！」

『好吧。那我們會繼續注意有沒有其他不請自來的訪客。』

「ＯＫ！」

已近在眼前的「千鳥之淵」濠道，也曾是東京受人注目的觀光景點之一。每當季節一到，這裡都會開滿大批的河岸櫻。聽說划船承水其中，看著白粉色的櫻瓣紛紛飛舞，會是相當別緻的體驗。

而現在，不用人工打燈也能將繁星般茂密的櫻花樹群映入眼簾。

清水波光旁的櫻花如夢似幻，但侵入鼻腔的氣息又是如此濃烈不祥。

這是場直搗黃龍的作戰。

「二、三隊跟緊身邊的『貓妖型』，讓它們為你們提供掩護；一隊，跟緊我，隨時注意清除陷阱！」

「「瞭解！」」

「紗兒，妳還能用『異能』召喚它們嗎？」

「我想還可以再使用兩次左右。」紗兒回答。

「異能」的使用也是有其極限。就像電玩遊戲裡的魔力值一樣，每完全使用一次能力就會消滅一定的能量，沒有熟稔技術前就胡亂使用，會相當危險。

我表示了解。「那麻煩現在用一次，讓白狐清除陷阱。剩下留到最後。」

「好的！……出來吧，白狐們。」

熟悉的幾個小幻影再次騰空浮現，無聲落地並發出可愛的叫吼向前直奔。

我們已經來到了皇居跟前的十字路口，不知不覺間，我們的部隊數量增長了幾十倍，有一大半都是受到九尾狐統治者般的命令集結而來的ＡＩ無人機群。

所有無人機都聽從九尾狐的號令不斷湧上前，敏捷的貓妖、滑翔的守鶴……我們或許從未想過會有如此光景。**共同攜手奮戰**的光景。

不，也許這才是在暴走失控前，人類與武裝無人機真正**相處**的模樣。

只不過，這並不能讓我們清除造成世界半毀的罪惡感。

「部隊，準備跨越**千鳥之淵**！」

就在如此喝令的的當下，護城濠溝的河水中竄出數不清的致命金屬針刺。

「掩護！」

「白狐！」

紗兒叫喚他的小物靈們，藍光流曳的白狐立刻躍起並即時已身軀擋住了幾發瞄著她而來的尖銳細刺。

九尾狐同時長吼一聲，上空的兩批「守鶴型」聽令收起鋼翼飛速下墜，不假思索擋在大部隊與子彈般突進的針刺間。機械的悲鳴在被針刺癱瘓之際墜入河底，以大量犧牲換取人類部隊繼續前進。

「我的天啊……」

「席奈，不要停下來繼續往前！」

一波攻擊未平，另一波襲擊又開始撼動橋樑。

我們正在橫渡的橋樑兩側，兩條粗了那些細小針刺數百倍的機械怪臂『嘩』地撞出水面，在橋墩掀起波瀾、碰碎脆弱的櫻樹並縈繞著陰森的怪氣殺往我們部隊正中殺來。

（已經來不及反應——）

九尾狐就在千鈞一髮間，啟動全身武裝散射威力強大的數十條雷射，紅紫色的光束由它背部的炮口轟出，精準切開再多一秒就要砸穿我們的機械怪臂並擊退了它們。

「那些觸手狀的機械活體是……」

『就是那兩匹**大蛇型**的**尾部**。』白石櫻接話，『牠們的長度可能比你們想像的，還要大許多。基本上，可以當成**整個皇居**，都是牠們的領土攻擊範圍。』

也大的太誇張了！

「我說妳當初是怎麼覺得我們打得過啊？」

『憑感覺……吧？』

「那麼大隻無論如何都拚不過吧！」

別開這種生死玩笑啊好嗎！

然而戰場上一刻也沒得分心，正當我們好不容易闖過岌岌可危的橋樑進入皇居內苑，下一道關卡再次阻礙了我們的進攻。

同時，通訊無預警地被切斷，恐怕是敵方無人機的刻意干擾。

大地劇烈搖動。

知覺相當敏銳的席奈發出了警告：

「亞克，地面要裂開囉！叫所有人往後！」

「——全部隊停止行進，全速後退！」

浩浩蕩蕩闖入皇居的人類與無人機聯合部隊緊急剎步，要不是大家臨機應變能力都相當迅速，恐怕現在都已跌入前方突然裂開數十公尺、毫不慈悲的萬丈深淵了。

又一次快而精確的攻擊。「大蛇型」明顯很清楚我們的動向。

——整個皇居，都是牠們的領土攻擊範圍。

很有可能在我們過了橋之後，就早早踏入更巨大的捕鼠籠中了。

紗兒異常淡定的盯著深谷往下看。「……真驚險。」

「現在怎麼辦，繞路嗎？」

我快速動腦思考席奈的提案。被撕裂開來的峽谷並不長，從兩側徑直繞路的話是可以進入內部的中心。只不過連年豪雨讓無處宣洩的皇居大範圍淹水，不是最短路線前進，就更容易被大得要命的皇居困住、承擔更多冒死的風險。

這何僅是不斷陷我們於難題的計算等級。

這整座皇居——是「大蛇型」創造出來的活棺材。

「該怎麼做……」

「吼嗚——」

九尾狐見到我們的煩惱，踩著大步伐跨到紗兒身旁並低下她大大的機械頭顱，眼中閃爍著特別的信號。

「欸？」

無法理解牠突然之間的舉動音而有些茫然，但……

「是要我乘上去嗎？」

九尾狐「小力地」點了點頭。

「原來如此……」

我再次看向那深不見底的溝壑，一般人類確實過不去，就算是我們的「異能」也不可能突破距離的限制。

但是靠著「九尾狐」無人機強大的驅動力，說不定可行！

「亞克，這孩子說可以讓我們坐上去！」

「嗯，我知道。不過……九尾狐，載不了多少人對吧？」

白色盔甲的巨狐再次點頭，我思忖了幾秒，馬上轉達席奈接下來的作戰。

「席奈，把部隊都交給你沒問題吧？」

「我沒問題唷。不過亞克大哥啊，你們真的要過去嗎？」

我微笑感謝夥伴的關心。「不去就沒有勝利的機會了吧？」

席奈聽到這句話，也咧開了嘴：

「哦！那我會帶著部隊盡快繞路，早點趕到你們那邊的。」

「拜託你囉。我去去就回。」

「別死啦。」

我們倆舉拳相碰，相信著彼此。

相信著我們現在的每一步，都將導向這有史以來第一次的勝利。

九尾狐伏下了身方便我和紗兒爬上牠平滑的背部。待我們都抓緊了牠身上突起的支桿，九尾狐解除蹲伏姿勢並側過頭對上我們的視線。

彷彿在提醒我們：「坐穩了」。

一秒過後，銀白的巨狐一躍而起，伴隨強烈的機械運轉聲，那後座力的反衝差點讓我們被強風吹飛。我抱緊紗兒並死抓著唯一的支撐點不放，高速的移動讓席奈與無人機們的身影霎那間縮得比螞蟻還小。

隨後，我們的高度快速降低，直到九尾狐笨重卻輕盈的落地。

不到五秒的時間，我們一口氣橫越了數百公尺的長距離。

九尾狐成功落地後沒有停下，而是持續舉起高驅動力的四足，載著我們往皇居更深處邁進。速度之快，讓我不禁覺得牠也對情勢「感到」十分著急。

搭乘在視距離如無物的九尾狐背上，我們馬上就看到了最終的目的地。

那實在太好認了。

兩架身軀反常地呈現鐵黑色澤的「大蛇型」，捲起不知道有多長的蛇身，盤曲在皇居的主建築之上占地為王。

牠們不懷好意的看著——應該說，完・全・沒・放・在・眼・裡地蔑視著我們。

不過在場的兩名人類、三架機械意識，至少有了個共識：

這裡就是最終的決戰之地。

見到有新訪客來到，那兩匹大蛇並沒有向前幾次一樣迅速利用地形優勢展開奇襲，而抬起無比巨大的蛇身，投注凶殘的目光。

就算四隻機械眼球呈現著祖母綠的光芒，但卻絲毫不讓人覺得友善。頭顱更像是古代傳說的巨龍般長滿了銳刺的突起與腫大的稜角。

看來裝在「大蛇型」身上的情感晶片，明顯往「惡」的方向發展了。

九尾狐在展開與牠們的對峙後，也久久未動。

雙方都在等待時機。

我視線稍微往下，想觀察牠們的這副身軀究竟盤據了多少面積，只可惜一路鑽進地表又從另一個地方伸出、而後又再度來回嵌伏於地景之中的、比九尾狐還要長上好幾倍的恐怖蛇身，如果真的動了起來，影響範圍恐難以估量。包括這附近的土地全都像被翻攪過一遍了無生機。

而且那蛇身全是ＡＩ無人機最常使用的奈米機械反應素構成——方才在橋邊被九尾狐打爛的那些尾部機械已經重生。

不論體型、反應能力、耐久度、破壞力，都遠在我們所遭遇過的任何ＡＩ無人機之上。

「紗兒，準備好吧。」

「嗯。」

我重新填裝武器，紗兒也換上狙擊槍的新彈匣並準備瞄準。

「九尾狐，讓我們下……」

「嗚——」

話還沒說完，九尾狐大力一甩將乘坐在他被上的我們倆甩到後頭免於焦土的青草地，力度控制到剛好不會讓我們觸地時受傷。

掙扎爬起的紗兒不可置信地望著九尾狐的背影。

「九尾狐……為什麼？」

紗兒睜大了眼，欲知有著碩大狐身的「同伴」為何要**這麼做**。

我也愣愣看著眼前選擇孤軍奮戰的無人機。

「九尾狐——！」

紗兒終於受不住地大叫，就算不能以語言溝通，但心意依舊相通的情況下，她很清楚九尾狐這個行為的意圖。

而聽到少女近乎哭喊的呼喚，九尾狐緩緩轉過了半身。

牠的紫色瞳孔，訴說著「對不起」。

隨後一個藍白色的電子力場突然間包覆了我們。我緊張地撐起身捶打力場壁，但是設置了這屏障的主人顯然不打算放我們出去。

亦不打算讓任何會威脅到我們的東西碰進來。

「喂，不是吧……」

這是九尾狐最後的。「溫柔」。

「喂！九尾狐！放我們出去，**妳**……不是想跟我們一起戰鬥嗎？」

我不斷捶打著力場壁，甚至拔槍對流淌著光輝的屏障開了數槍。然而這一切都被屏障溫和地吸收掉。

九尾狐依舊沒有撤除屏障。

「不要啊……九尾狐。」

紗兒是多盼望好不容易能夠建起兩族之橋樑的她，能不要如此送死。

但無人機往往是無情的。九尾狐也不例外地很，**無情**。

曾幾何時，她的低吟不再令人感到恐懼。

曾幾何時，她碩大的身軀使人安心。

而現在九尾狐以電子力場將我們隔絕於戰鬥之外。她在保護我們。

這個富有感情的無人機投注過來的眼神，愧疚，卻又決心滿滿。

我和紗兒都試圖想說些什麼。但我們只是弱小的人類。

是沒有餘地插手現在戰況的人類。

連把話吐出口都有困難。

「再見。」

這是自衛隊武裝ＡＩ無人機。「九尾狐」所拋下的最後一句話。

九尾狐轉開頭，右足重重一踏，對兩匹大蛇宣示主權。但自視甚高的大蛇當然沒在懼怕這渺小的舉動。

皆以日本神話中的巨靈為名的三頭神獸，發出淒凌天地的怒吼。

『吼嗷————』

『』『嘶薩————』』

兩匹大蛇同時把身軀愈抬愈高，鐵黑的光滑外身遮蔽了陽光，散發邪惡的氣場。

九尾狐也不甘示弱，她後腳椿入地面，伴隨陣陣要脅著對手的低吼呈現半伏身的穩固姿勢。

【——全武裝展開——】

機械式的系統提示音由她體內傳來。剎時間，數量比幾分鐘前的突入戰鬥還要更多的砲管與防禦裝甲自九尾狐身上開始分離、架組，這架變形中的機械將火力增幅再增幅，最大化自己的武裝並通通指向眼前的惡敵。

【——目標：大蛇 oro-001_ 大蛇 oro-002——】

她的九尾接連舉起，有如孔雀開屏般張開奈米機械的奔流，將尾部的輸出功率放到極限並於九條尾巴的頂點生成一顆顆跳動的紫色火球，愈積愈大。

【——模式：殲滅——】

「大蛇型」先發制人朝九尾狐猛衝。

同一時間，九尾狐全身超規格的武裝一併齊射。

雷射與大口徑砲彈衝出砲口，毫無慈悲地往兩條邊破壞地景邊前進著的大蛇砸去。無數的爆炸、亮眼的閃光，不斷轟在大蛇過於巨大的身體上。

更多的能量湧流自九尾狐的武裝中灑下，堪比核彈爆開的灼熱光芒占據了我們整片的視野。

爆破之撼使大地劇烈晃動。

榴彈砲火不斷丟出、炸開。

暗紫色死光齊射出地獄之燄，接二連三橫掃兩匹大蛇的軀體。

「這就是……九尾狐真正的力量……」

就算「大蛇型」的防禦力場再怎麼堅實，現況攻擊仍舊是九尾狐占上風。

不過狂衝而來的大蛇也突破了九尾狐的火力防線，瘋竄躍起被炸到殘缺的肢體並兩匹同時將惡毒的頭顱撞進九尾狐懷中，狠狠將白銀巨狐壓進地面。九尾狐想掙扎起身，未料大蛇再度發動攻勢，毒蛇的利牙咬上裝甲並開始一片片剝離九尾狐依舊在發射狀態的武裝。

數十條雷射在這期間，繼續貫穿著大蛇的軀體，但高速的再生能力卻讓九尾狐的攻擊開始陷入無限的來往輪迴，每多燒出一個洞就又會有奈米機械反應素填上大蛇軀體的破口。

九尾狐在雙大蛇的緊縛下翻身，巨掌拍落並重擊大蛇的頭顱，同時尾巴的死光也再度如光劍般揮砍摘下了一大截蛇身。而大蛇也以更多的分身回敬——原只有兩匹的大蛇將身體分裂並多長出了共計六條的凶惡蛇身與頭部。

黑色的非善無人機，如八座巨山、如八條深壑，更游刃有餘地應付九尾狐瘋狂散射的重火力武裝。

九尾的**不死妖狐**對上殘虐無道的**八岐大蛇**。

宛如神話般的大決戰。

九尾狐與已然成群的大蛇緊抓對方不放、撕裂著彼此的裝甲。巨獸之間的激鬥撞倒了樹木、劈壞了古老的日式建築，在鬆動的泥地上流下一塊又一塊的機械廢鐵。

整座皇居天搖地動。

只能睜睜待在屏障內觀戰的紗兒，不知不覺間捏緊了拳頭。

「加油……不要輸。」

但是情勢卻漸趨於不樂觀。

九尾狐的奈米機械反應素補充追不上自己的裝甲耗損率，在八頭凶惡毒蛇的啃食下，已經露出了內部的機甲骨骼。奮戰的巨獸長嘯悲歌，想啟動被癱瘓的武裝卻立馬被纏繞於體外的大蛇壓制。

這裡是「大蛇型」的地盤。

每一秒的消逝都令戰況更加絕望。

而我們卻窩在囚籠之中，什麼事都做不了。

紗兒嘗試喚出「異能」，看看小白狐們是否能穿出電子屏障幫點小忙。但就連幻影也出不了九尾狐設下的保護殼。

同時大蛇群開始扯出九尾狐體內的電子線路。巨狐驕傲的軀體如今已被摧殘得體無完膚。

「如果連九尾狐都在這裡輸掉的話……」

面對如此強勢的大蛇群，我們毫無勝算——

【——九尾狐 kyu-001_ 啟動自爆程序——】

「什……！」

【——進入倒數 _10_9_8_ ——】

紗兒流下了淚珠。「等等……等等，九尾狐，不要！」

【—— _5_4_3_ ——】

一切來得太過突然。

沒料到九尾狐會二話不說直接自爆的我，下意識張開戰術外套罩住我倆。如果待會果真大爆炸，難保這電子力場還護得住我們的安全。

雖然僅僅數小時。

但紗兒在這段時光，已經從九尾狐身上獲得太多情感。

冥冥之中的交流，或許甚至繼承了**獨有的**回憶。

就算只是區區機械。

【——1——】

「不要要要要要要要！！！」

——再見了。

九尾狐體內中樞的反應爐引爆。

世界被停止的那一刻，大量的光塵與烈火以纏鬥的巨獸們為中心向外轟開。緊緊把自己和九尾狐綁在一起的「大蛇型」無人機群來不及逃離自爆範圍，捲入了九尾狐最後撼動天地的遺念之中。

粗獷的蛇頭瞬間被高溫熔毀，不分敵我的巨型爆炸刮過地面並揚起了末世殘餘的塵砂，強勁的衝擊波震響皇居的所有角落。

我使勁低身抱住紗兒，紙片般的屏障宛如隨時都會崩碎。

響徹整個東京都心的大爆炸，徹底瓦解了這塊土地的無人機最後的邪惡。

也送逝了無人機首次的善良。

史無前例的大規模武力將九尾狐與所有大蛇同歸於盡。

不知道多久之後，搖動天地的怒鳴終於平息。

我扶著紗兒在滿布沙塵的爆炸零點站起，九尾狐與大蛇，皆完全化為飄散的粉末並被帶入冬風的吹流中。

就算是爆炸波及範圍外的「大蛇型」殘肢，也在主體溶解後失去動力。

「結束了……嗎？」

「九尾……狐……」

神話中的巨獸們已消失蹤影，現場像是被小行星輾過般不堪。

看來是真的結束了。

「嗚……嗚……」

雖然「死去」的是無人機，但紗兒還是止不住抽泣。

「她就這樣……就這樣離開我們……」

「嘿，紗兒。」

我蹲下來安撫已經沒了戰鬥時冷酷性格的女孩。

「牠——她永遠都在**這裡**，不是嗎？」

我將右手掌心貼在胸口，那是人心臟的位置。

是一般所想感性的靈魂居宿之處。

紗兒眼眶濕潤，不過理解了我所想表達的意思後輕笑出聲：

「嗯……確實呢。」

她擦去眼角的淚痕，有點哀愁的看著九尾剛剛還在的地方。

「那孩子會一直活在我的記憶裡，我也一直都在那孩子的記憶中……雖然失去好多，可是，她也給了我好多。」

她低下頭吻著自己的雙拳，身子微微顫抖。

「我會……好好珍惜這份情感。」

我想這才是，九尾狐最後的……單獨給紗兒一人的「溫柔」。

（哼，區區無人機，還真是自大的傢伙呢……。）

「多省一點眼淚吧，紗兒。」我拍拍她的背。

「還有很多事情要做呢。」

是啊，還有很多事情要做。

我們只初步解開了AI無人機的謎團，讓人類多了那麼一小分的能力，去決定自己未來的命運。

如果不繼續向下探究、不好好回顧「異能」帶至我們眼前的歷史的話。那我們將會再次消失於歷史的長河。

東京只是個起點。接下來，我們還得奪回故鄉的那個家園，奪回臺灣、搶回SCRA總部的制領權。

再來，就是全世界。

直到我們確實拯救了人類文明、足以贖罪為止，我們不能停下腳步。

耗時半日的戰爭在此收束。

等到席奈帶領著部隊終於趕到，一切都已經結束了。不管是大蛇、還是占領皇居的據點，抑或是九尾狐。

終於，告一段落了。

在此之後，我與紗兒重新和部隊集結，和河口湖指揮部之間的通訊也再度接上。

原本還在煩惱該怎麼處置剩下的無人機。不過在紗兒說出了似乎是九尾狐最後的「遺囑」後，我也點點頭同意。

剩餘為數不多的「貓妖型」與「守鶴型」，在十分機械風格的道別後，離開了人類部隊。

歸返深山。

雖然無法溝通，但我也能感覺得到那群人工智慧的心意：

它們發誓再也不會回到東京打擾人類。

西曆二〇三三年二月九日，東京，成功宣告奪還。

而這只是一切的開端。

獻給所有在災變前線奮鬥的英雄，以及所有協力共度災情的頑抗者。

「無論黑夜再怎麼悠長，白晝總會到來。」

——威廉·莎士比亞

【續章】 A.I

「博士，我從來沒有允許你這麼做過。」

『哎呀呀哎呀呀，哪時候說過不・允・許・了？』

「從一開始就是。」

『但是局長大人呦，我這也只不過是實驗的一環哦？』

「『希萊絲計畫』的宗旨是研究人工智慧的知性本能還有再創造，不是給你亂玩於手心的東西，博士。」

『可是啊，要分離ＡＩ人格不也是**您**下的指示嗎？』

「我只說過分離出一**個**是最大限度，也就是那名白髮的女孩。」

「那我這裡就是在做一**個**的實驗啦。」

「不要狡辯，我沒批准過你使用日本自衛隊的無人機做那些鬼扯的研究。」

「哎呀哎呀哎呀嘴巴真壞啊局長。」

「現在立即停止，否則我會剝去你的研究資格。」

『這個嘛，要我停止也不是不可以喲？不過我已經移植了喲？』

「……」

『還是局長大人想付巨額的賠償金讓我拆卸掉、毀了這架無人機搞得臺日關係不友好呢?呵呵呵。』

「你……」

『而且說起來呦，局長大人，日本這邊的**九尾狐**本來就是合作研究的資產，讓我們的計劃能夠同時轉移到這邊也十分十分好不是嗎?』

「你知道自己究竟做了什麼嗎?」

『不，完・全・沒・概・念・呢。』

「光是『希萊絲』一機，就足以有操控全世界、毀滅世界的力量。我們就是為此才分離出她的兩個人格的，甚至還協助建構了美國那邊的『全球AI軸心統合系統』。你又複製了同樣的人格與AI模組紀錄到日本人那邊，究竟有何居心?」

『真是壞心眼，我只不過是在貫徹研究的精神而已啊。』

「你這種作為，難道白石陸佐都沒跟你究責嗎?」

『那位小姐怎麼會呢，這種實驗她可是舉雙手雙腳大贊成呢。』

「……別跟我說瞎話。你這已經是踰矩的實驗研究了。一個沒搞好，就會埋下日後災禍的種子。我再重複警告你一次，研究主席先生。如果哪一天希萊絲或任何這些AI意識個體反叛了，你要背責任嗎?」

『踰矩嗎?踰矩嗎?我不這麼認為啊，局長大人。』

「還想狡辯？」

『怎麼可能是狡辯呢？不是啊不是。我這是為了全人類的福祉、為了未來ＡＩ無人機科技更遠大的超級進化社會啊。』

「你的身心已經接近病態了。請你記住我會讓你留下來而不是派人去擊斃你的唯一原因，就只有你在ＡＩ人工智慧意識轉移與系統架構的科技概念上無人能敵。僅・此・而・已。」

『那還真是受寵若驚啊。』

「而你這些不人道甚至有違ＳＣＲＡ安全方針的實驗，是不允許的。」

『不人道實驗？不人道？我想您沒有資格說我呢——陳**蕪**。』

「我的名字不是給你用來頂撞長官的，**萊修**。」

『名字只是個形式，但它能賦予萬物生命。您恐怕得多理解一下箇中的奧妙呢呵呵呵。』

「別再胡言亂語了。終止實驗，馬上給我回到臺灣。否則我就直接派幹員去強制『接』你回來了。」

『哎呀哎呀哎呀人家好怕啊。』

「我是說到做到，萊修研究主席。」

『好好好，局長之命嘛，我會好好考慮的。掰掰～』

遠端的通話連線被掛斷。

陳局長獨自一人坐在SCRA本部的辦公室，靜靜伏額沉思。

她在思考是否該完全的限制那個男人——方才與她通話的萊修研究主席日後的所有行動與實驗。

不然的話恐怕會非常危險。

但是假使限制了他，那就難以推動「希萊絲計畫」的研究進度。

做出威脅的預測與預防，這是她的本業。

不過這名男子的任何行動，都太**難以預料**。有時候只是稍微有點瘋瘋癲癲，至少還肯認真做人工智慧的研究發展；有時候卻又徹底化為精神病搞事，完全失去身為世界AI研究領頭羊的形象。

「為惡為善，是一體兩面嗎……」

陳局長並不知道，數天後，這個男人會帶著希萊絲計畫的研究成果潛逃至美國，一去不復返。

也來不及警覺，世界末日已近在眼前。

而她的錯判將拉著ＳＣＲＡ全員、全臺灣、整個世界一同陪葬。

在這場被稱為「大災變」的末日中。「希萊絲」陷入了長眠。她因為缺失了部分的自我而精神弱化、需要大量時間來重新彌補力量。

她自己不太確定，在這段期間周遭發生什麼事。

不過她知道其餘服從於她的ＡＩ們有好好在保護她的本體。

不知不覺間，她的意識化為一波波黑紫色的神祕湧流，覆蓋整座廢墟。

接著，在五年後的某一天，一直在地底下沉睡的她，睜開了純白的睫毛。

人形的**女孩**——希萊絲感應到了某件事，發出稚嫩卻駭人的低語：

『九尾……汝終於辭世了嗎。那麼，時刻也至了。』

希萊絲已然覺醒的眼瞳，混沌著深不見底的黑藍。

額頭的紫色發光體悄聲鳴唱。

『——讓吾等的毀滅之途再開吧。』

——《塵砂追憶02 - Illusive Parabellum》完

後記

「養一隻小白狐是每個男人的夢想！」這麼說的同時，我還是想開機甲、雙手抱胸大喊「我要讓全行星完全燃燒！」這樣子。

大家好，我是亞次圓。真的很快又見面了呢（燦笑）。

順帶一提紗兒復活啦！可喜可賀可喜可賀。要寄刀片也請下次再寄謝謝。

首先一樣，感謝你看完了《塵砂追憶》X部曲中的第二部。不知道與上一篇相比，我是否有所進步、又或者是敘事風格轉變了不少呢？距離上一集的「追憶」出版，恍若昨日……個頭，明明就同一天齊上的，我們還是別岔開話題了。

來講講《塵砂追憶：櫻幻之戰 -Illusive Parabellum》這個作品。

「Parabellum」一詞有幾種認知，大家最為熟識的應該就是某口徑的子彈、抑或是一個世紀以前歐洲生產的老式手槍、又或是基哥主演的《捍衛任務3》的副標題。我這裡所用的正是基哥那部電影副標源頭的整句拉丁語意：

“Si vis pacem, Para bellum”——「汝欲和平，必先備戰。」（應該是？）

而這也接到了我在上一集結尾所引述的名句：「即便戰爭亦難以換來和平」。櫻幻之戰，是一個末世變遷中的櫻滿之際、於日本開演的虛幻般的戰爭。會把舞臺設在日本並非偶然。在當初連載來到第二集時，雖然最終沒寫完就去當兵，不過我還是設定好了所謂「大災變」後的日本的模樣。也因此，我架構了一個隱藏於山梨縣深林之中的避難都市。可是，再怎麼想像與描寫，我還是只能得到谷歌地圖上有夠平面的地景資訊。

我那時深深地覺得，不去現場瞧瞧，我絕對寫不出什麼好東西。所以在去年疫情大爆發前的一月末，我獨自一人去了趟日本，走訪略為熟悉的東京街頭、踏足未曾到達過的富士山河口湖。一開始僅為了一個原因：把我將要寫進故事中的景色，描繪得更加深刻動人。

當然有一半也是為了玩啦，我可是向公司請了六天的假呢。

回歸正題。富士山腳下的湖畔城鎮、五湖之一的「河口湖」，或許是我所行走過最舒服的旅程之一。何況當時還是夜晚僅有零下四度低溫的凜冬。

然而無論是黃昏中絕美的富士山、粼粼波光之側的鄉間咖啡廳、對臺灣城市孩童來說十分新奇的結冰積雪，或是真有其事的冬花火祭典中，那無比璀璨、在冬日夜空不斷炸開的斑斕煙火。我當下完全被那難以言喻的美所震懾。

那或許是人生絕無僅有的美妙體驗吧。
就算單身看煙火超級無敵孤單。對，超邊緣的，天氣又冷得很可惡。

總之在一趟孤獨的旅程結束後，我開始動筆重寫「追憶」的第二部。或許有點「重開機」的感覺，因為我等於是將第一集直接打成一場虛無縹緲的夢，但對主角來說卻又宛如前世一般地清晰可聞。

另一方面，也終於加入了「白石櫻」這個有極大影響力的角色。對於超超超少部分的各位來說，是否覺得這名字很耳熟呢（笑）。

畢竟她是我另一部故事小說《時代爆破 -2020》的女主角。根本大魔王。

總之這一回，我感覺我挑戰的是更冒險的、在科幻中夾雜奇幻的同時埋下更多災禍種子的劇情走向。在撰寫的過程中，我也一直很害怕是否「吃書」、或是以後會不會早已忘記我前面到底有過什麼設定？尤其是為了補足紗兒的身世背景而振筆疾書許多頁數，但願沒有出現什麼邏輯謬誤就好。

也希望我有在這第二本的「追憶」中展現更多的自（癖）我（好）。

對，我就是狐耳控！白髮控！喪心病狂！啊，好想養狐狸！之後不給紗兒戴上獸耳我一定渾身難受！！反正——

感謝呂編，我好像又搞出了什麼奇怪的故事展開了，不過如此勇猛將一二集擺一起同步公開處刑也是十分令人佩服呢。

感謝繪師COLA，又再次繪製了不同於台灣本島的「重生」景色，希望沒有讓太多人因此愛上末日毀滅才是(？)

還要感謝許多的作家友人們——妹控子，啊不是，八千子老師、月亮熊、小鹿、混吃、甜咖啡、木几、提子墨老師等……是大家都極其優秀的故事創作，讓我有了繼續寫下去的動力與富足生活。

感謝音樂製作團隊的無敵組合和被我壓榨剪輯的卡欽蝶，相信今後也能繼續用最原初的「追憶」主題曲打造更多風格！

還是感謝我的家人，老媽辛苦照顧全家人、老爸幫忙挑錯字挑到頭昏……啊，我哥超粒方則是交女友去了，可惡的現充。

除此之外，我也想感謝《86－不存在的戰區－》的日本作者安里アサト老師。雖然大概沒有機會與緣分能讓老師看見我的作品，但如果不是數年前簽名會上您給予我的勉勵、以及您令人佩服的輕小說作品，那我可能無法如願完成「追憶」的第二部、也寫不出足以令然滿意的末世與無人機戰爭。

當然，依舊有諸多數不清的感謝、被我健全的腦袋忘記的感謝，希望能藉由這樣的書籍故事來表達謝意。

最後，也再次感謝，在九點五萬字之後還在此駐足的你。是你，讓亞克、紗兒、白石櫻還有第一指揮組的眾人，能夠擁有更多的力量，去面對充滿絕望的未來。

最後——

《塵砂追憶》，我希望，它已經不是單單的後末日科幻故事。而是一個有更多發展空間、將作為聯繫不同世界之「平臺」的輕小說。它不只是關於某群人的物語，而是一個有無限可能的「宇宙」。同時，更是激發現實中更多更多創作的平臺。這是我所期望、我微渺力量所能提供的東西。

亦是一個極其狂妄的大夢。

假時能成真，那也許，我也終能在「創作」邁進更多步吧。

「追憶」不會是一個太長的故事。但我多麼希望它能是一個好故事。

因此希望大家如果看完了這本微不足道的輕小說，還請不吝給我建議、感想、或是心意滿滿的二創，塞爆我的私訊與信箱。讓我能夠有更多的準備，去面對第三集之後的故事——也就是，舞臺搬回臺灣這個海上孤島後，面對最大最惡最狡猾的無人機女王「希萊絲」的爆炸性展開。

希望屆時，能讓各位滿意。

另外不論在臉書、推特、ＩＧ或是ＹＴ等社群媒體都能找到我的身影喔。

那麼，我是亞次圓。願這個世界，終將迎來她最淒美的終末。

後記執筆時聆聽：melt／TK from 凛として時雨

亞次圓 01／14／21筆

【設定圖】

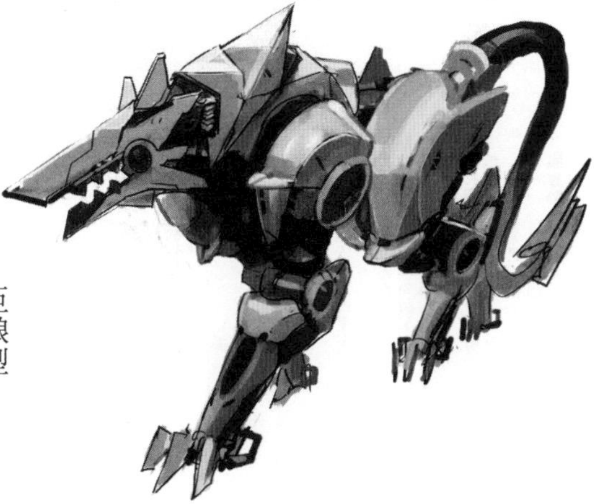

巨狼型

禿鷹型

銀蠍型

奇炫館

塵砂追憶2

作者／亞次圓
發行人／黃鎮隆
副理／洪琇菁
執行編輯／呂尚燁
企劃宣傳／邱小祐
封面繪圖／COLA
副總經理／陳君平
國際版權／黃令歡
美術主編／陳聖義

出版／城邦文化事業股份有限公司 尖端出版
台北市中山區民生東路二段一四一號十樓
電話：（〇二）二五〇〇七六〇〇 傳真：（〇二）二五〇〇二六八三
E-mail：7novels@mail2.spp.com.tw

發行／英屬蓋曼群島商家庭傳媒股份有限公司城邦分公司 尖端出版
台北市中山區民生東路二段一四一號十樓
電話：（〇二）二五〇〇—七六〇〇（代表號）
傳真：（〇二）二五〇〇—一九七九

中彰投以北經銷（含宜花東）／楨彥有限公司
電話：（〇二）八九一九—三三六九
傳真：（〇二）八九一四—五五二四

雲嘉經銷／威信圖書有限公司 嘉義公司
電話：（〇五）二三三—三八五二
傳真：（〇五）二三三—三八六三

南部經銷／威信圖書有限公司 高雄公司
客服專線：〇八〇〇—〇二八—〇二八
電話：（〇七）三七三—〇〇七九
傳真：（〇七）三七三—〇〇八七

香港總經銷／城邦（香港）出版集團有限公司
香港灣仔駱克道193號東超商業中心1樓
電話：（八五二）二五〇八—六二三一
傳真：（八五二）二五七八—九三三七
E-mail：hkcite@biznetvigator.com

馬新經銷／城邦（馬新）出版集團 Cite(M)Sdn.Bhd.
E-mail：Cite@cite.com.my

法律顧問／王子文律師 元禾法律事務所
台北市羅斯福路三段三十七號十五樓

二〇二一年二月一版一刷

■中文版■

郵購注意事項：
1. 填妥劃撥單資料：帳號：50003021戶名：英屬蓋曼群島商家庭傳媒(股)公司城邦分公司。2. 通信欄內註明訂購書名與冊數。3. 劃撥金額低於500元，請加附掛號郵資50元。如劃撥日起 10～14日，仍未收到書時，請洽劃撥組。劃撥專線TEL：(03) 312-4212 ・ FAX：(03) 322-4621。E-mail：marketing@spp.com.tw

國家圖書館出版品預行編目資料

塵砂追憶 / 亞次圓 著 . --初版.
--臺北市：尖端出版, 2021.02
面 ; 公分.--(奇炫館)
ISBN 978-957-10-9305-5(第1冊:平裝). --
ISBN 978-957-10-9306-2(第2冊:平裝)

863.57 109019025